SKAPAD FÖR ODJURET

INTERSTELLÄRA BRUDPROGRAMMET:
ODJUREN -2

GRACE GOODWIN

Copyright © 2021 av Grace Goodwin

Alla rättigheter förbehålls. Ingen del av denna bok får kopieras eller överföras i något format eller på något sätt, elektriskt, digitalt eller tekniskt inkluderat men inte begränsat till kopiering, inspelning, skanning eller i någon typ av datalagring och söksystem utan uttryckt, skriven tillåtelse av författaren.

Bokomslagsdesign copyright 2021 av
Bilder/Fotokredit: Deposit Photos: stetsik, tan4ikk; BigStock: forplayday

1

Angela Kaur, 5-stjärnigt hotell, Hemligt läge, Miami, Florida

JAG RULLADE VAGNEN NER FÖR KORRIDOREN, styrde den åt sidan och väntade när två kvinnor gick förbi. Deras huvud var lutade mot varandra, och de viskade och skrattade tillsammans.

"Jag kommer att vara den som drar ut odjuret," hörde jag en av dem säga.

Den andra fnissade, och svarade sedan, "Du menar odjuret i hans byxor."

De tittade inte ens åt mitt håll. För dem var jag osynlig. Om man jämförde mig med dem, så var jag det. Deras hår var fixat, perfekt smink. Fina kläder. Ännu finare skor.

Jag hade på mig praktiska svarta gympaskor med mer inlägg än modekänsla. De var lika tråkiga som den svarta kjolen och vita blusen som var min uniform. Jag fortsatte ner för korridoren och stannade framför presidentsviten, toalettborstens handtag skramlade mot sidan av hinken den var i, och den var gömd under det tjocka tyget på min städvagn. Vikta handdukar var staplade på toppen, och jag kunde knappt se över dem. Otur att man knappt var mer än en och en halv meter.

Jag hade städat sen tidigt i morse, och sviten var det sista —och största—rummet. Efter det skulle jag sluta för dagen. Jag behövde åka hem, mata Oscar—innan han förstörde ett till par av mina skor—och försöka tänka ut hur jag skulle ha råd att ta två klasser nästa termin och samtidigt betala hyra för min ganska nya lägenhet, samtidigt som jag skulle behöva jobba färre timmar.

Jobba mindre, spendera mer. Det verkade vara mitt motto på den senaste tiden.

Suckandes drog jag i polyesterkragen från min hals, och knackade på dörren.

Väntade.

Jag knackade igen och sa, "Housekeeping!"

Hissen plingade, och jag vände mig om för att se två till söta kvinnor komma ut. Detta var våningen där all personal och alla deltagare av *Bachelor: Odjuret* showen blev bortskämda och fick råd om sina utseenden. Inte för att dessa kvinnor behövde någon hjälp för att se fantastiska ut. Jag var inte avundsjuk. Tävlingen var hård, och jag hade inget intresse i att försöka få någon idiotman att bli kär i mig. Jag hade gjort det redan. Och vilken katastrof det var.

Det här skulle vara ännu värre. Tjugofyra jättevackra deltagare som alla ville fånga uppmärksamheten av en massiv utomjording från Atlan... och odjuret i hans byxor. Och att göra det inför en direktsänd TV publik? Inte en jävla chans, tack. Jag brydde mig inte hur het det utomjordiska odjuret kanske var.

Appropå sexiga bachelors, dörren jag knackade på

tillhörde den massiva utomjordingen från Atlan som var här för att hitta sin brud.

Han, tillsammans med kvinnorna, hade varit här i några dagar, men idag var det mitt första skift där jag städade på den lyxiga våningen efter deras ankomst.

Jag knackade en sista gång, sa vem jag var, och drog sen det universella nyckelkortet från min ficka och satte det mot låset. Den lilla lampan blev grön och jag tryckte upp dörren.

"Housekeeping," ropade jag en sista gång. Jag hade varit i sviten för att städa tidigare—jag hade jobbat på hotellet i tre år—men jag hade glömt hur stor den var. Det var två sovrum på varsin sida av ett stort vardagsrum som hade ett middagsbord och ett litet kök. Marmorgolv och till och med en öppen spis gjorde det trevligare än något hus jag hade varit i. Helvete, hela min lägenhet hade förmodligen fått plats i ett av de lyxiga badrummen.

Vardagsrummet var prydligt, som om någon inte ens hade flyttat TV-kontrollen på soffbordet. Jag suckade av lättnad, visste att det inte skulle bli en jättejobbig städning. Men med de båda sovrumsdörrarna stängda, kunde jag inte vara helt säker. Badrummen var oftast det smutsigaste rummen, och denna svit hade två.

Eftersom en av svitens rum endast behövde dammsugas kunde jag sluta i tid idag och ta det lugnt. Duscha så att jag inte luktade som städprodukter.

Jag gick ut till vagnen, tog den vanliga högen med rena handdukar och minitvålar, och gick sen tillbaka in och hörde dörren klicka när den stängdes bakom mig. Jag rös. Luftkonditioneringen måste vara på det högsta läget. Jag måste anta att Atlanen inte gillade Floridas hetta.

Jag valde sovrummet till höger för att städa först, jag öppnade dörren och stannade till.

Jag tappade hakan till golvet, och det gjorde också de

små tvålarna när de gled av handdukarna jag höll i. Jag hade stört gäster tidigare och gett en mumlande ursäkt och backat ut ur rummet. Affärsmän i sina underkläder, tittandes på Tv:n och ätandes från minibaren. Par som gjorde det utan att ens stanna till när jag kom in och störde. Men denna gäst?

Jävla. Helvete.

Jag hade sett *Bachelor: Odjuret* showen. Vilken kvinna kunde glömma hur den jättesnygga Wulf hade hittat sin partner bortom scenen, slängt henne över sin axel och burit henne till sitt omklädningsrum. För att ha sex. Galet Atlanskt odjurssex. Det hade varit romantiskt och hett som in i helvete.

Ja alltså, TV-bolaget kunde inte visa när de faktiskt *gjorde det*, men Chet Bosworth hade definitivt fyllt i luckorna med färgglada kommentarer. Wulf var enorm. Massiv. Het. Dominant. Hemskt possessiv. Omtänksam. Alla adjektiven som fick varje kvinnas äggledare att trycka ut ett ägg eller två.

Men den här mannen? Denna Atlanen?

Wow.

Jag hade sett reklamerna för den andra säsongen av showen och Braun, den kommande bachelorn. Atlanerna hade fantastiska gener, för fotona och videoklippen gjorde inte honom rättvisa. Inte alls.

Helvete, det fanns inget *litet* på honom.

Jag visste det för ett faktum, för han hade precis kommit ut från badrummet—duckat för att kunna komma igenom dörrkarmen med vända axlar för de var *så* breda—upplyst bakifrån av badrumslampan och omgiven av ånga som hade kommit ut från det överdådiga rummet. I en handduk. Och bara en handduk.

En handduk i jordstorlek.

På en Atlansk kropp.

Jag var väldigt bekant med de stora badlakanen, jag vek och staplade dem under hela mitt skift. Men medan denna räckte runt hans midja, var materialet knappt fixerat och lämnade hans lår blottat med en stor slits. Och det låret? Det var förmodligen lika stort som min midja.

Det var som om en mänsklig man knutit en disktrasa runt sig.

Vattendroppar gled ner över Brauns överkropp, och jag följde deras väg. Min mun törstade efter att slicka upp dem.

Värmen fyllde mig och jag fick panik, jag insåg att jag stod där frusen som en staty och glodde på en gäst.

En 210 cm lång, jättesnygg gäst.

Som stirrade tillbaka. Han lyfte en hand och drog bort sitt våta hår från sitt ansikte medan hans mörka blick finkammade mig.

Jag svalde och rusade över mot sängen, satte ner handdukarna på den och försökte nu att titta var som helst utom på honom. "Jag ber så mycket om ursäkt. Jag menade inte att störa. Några handdukar." När jag tog ett steg bakåt trampade jag på en av de små tvålarna, pappret skrämde mig och jag hoppade till.

Han rörde sig då. Snabbt. För snabbt för någon av hans storlek, och tog tag i min armbåge.

"Försiktig."

Hans röst var djup och vibrerade genom mig. Hans beröring var försiktig, värmen från hans fingrar kändes genom min uniform. Jag var tvungen att luta mitt huvud så långt bak för att titta upp på honom, att jag kände mig pytteliten.

Jag var frustrerad nu, och tog ett steg till bakåt och böjde mig ner för att plocka upp tvålarna jag hade tappat.

Ett morrande lät genom hans kropp, och det fick mig att hoppa upp igen.

Hans ögonbryn var rynkade, hans ögon smala, hans käke spänd, och jag hade precis tryckt upp min röv i hans ansikte.

Jag hade gjort honom arg. Vilken idiot.

"Jag ber så mycket om ursäkt."

Perfekt. Jag hade gjort stjärnan av *Bachelor: Odjuret* upprörd. Jag kommer få sparken för sexuella trakasserier, och jag kunde inte låta det hända. Visst, att vara en städerska är inte mitt drömjobb, men det betalar mina räkningar och skulle betala för mina två sista terminer av min sjuksköterskeutbildning.

Jag vände mig igen så att mitt ansikte var mot honom, sen backade jag bakåt som om jag precis hade nigit framför drottningen. "Jag ber om ursäkt för att jag störde dig, min herre. Jag ska gå nu. Vänligen låt receptionen veta när du är redo att få ditt rum städat."

Jag backade igen.

Han gick mot mig.

Jag backade ännu en gång i riktningen av svitens entrédörr.

"Vem är du?" frågade han.

Jag kunde inte se honom i ögonen.

"Jag är städerskan."

"En städerska," sa han som om ordet *städerska* inte fanns på hans språk. Jag var generad över hur jag hade stirrat på honom. Mestadels naken. Men att *inte* titta honom i ögonen betydde att jag istället tog in hans muskulösa bröst, hans stenhårda magrutor. Han hade lite guldigt hår mellan de platta cirklarna av hans bröstvårtor som avsmalnade i en triangel mot hans navel, sen till en tunn linje som försvann under handduken och jag kunde bara fantisera att den gick runt hans—

Stora kuk.

Mina ögon blev större när jag såg den tjocka konturen av den, pressandes mot handduken... och lyfte den.

Ett till morrande kom från honom, och det ryckte mig ur mina tankar. Igen.

"Du städar åt gästerna som är med i *Bachelor: Odjuret* programmet?"

Jag gav honom en effektiv nickning. "Och andra rum."

"Jag behöver inte att du gör sådana uppgifter åt mig."

Jag nickade igen, kände mig mer som en nickdocka för varje minut som gick. "Okej. Det finns rena handdukar på din säng. Ring ner till receptionen om du behöver något annat."

Jag hade min hand på dörrhandtaget.

"Vart ska du?"

Jag rynkade på ögonbrynen, tittade upp—högt upp—in i hans ljusa ögon. "Du sa att du inte behövde att jag städade ditt rum."

"Det är korrekt. Vad är ditt namn?" Jag såg hur hans blick rördes över min kropp. Jag tänkte på de två kvinnorna jag hade gått förbi tidigare, kvinnorna som hade pratat om Braun så rått. Han borde vara attraherad av någon av dem. Jag skämdes inte över mitt jobb, men det fanns ögonblick då jag inte ville vara osynlig, inte ville städa upp andra människors röror. Inte ville vara i en polyesteruniform som inte passade min runda, korta kropp. Det fanns inte en dessert jag inte gillade, och det spelade ingen roll hur mycket träning jag testade—vilket inte var mycket eftersom mina ben är korta och mina bröst behövde två sportbh:ar—så gick jag inte ner i vikt.

Han studerade mina skor, mina ben under den svarta kjolen, den svarta blusen med knappar. Min namnskylt, vilket fick mig att komma ihåg hans fråga.

Jag knackade på den plastiga brickan över mitt vänstra bröst. "Igen, jag ber om ursäkt."

Sen flydde jag, och insåg att jag hade stora, stora problem. Jag kastade tvålarna jag precis kommit ihåg att jag höll på middagsbordet och stack.

Jag lämnade min städvagn och sprang till servicehissen längst ner i korridoren. Som tur var fanns det ingen runtomkring.

"Vänta!" den djupa rösten dånade.

Han följde efter mig. Åh Gud, detta var inte bra. Han var mest VIP av alla VIP:ar som bodde på hotellet. Hur kunde jag ha gjort någon så speciell arg, han var inte ens från jorden?

Jag skulle åka ner till städavdelningen i källaren och be en av mina kollegor att hämta min vagn.

Jag tryckte på hissknappen.

"Vänta!" sa Braun igen, denna gång mycket närmare. "Varför springer du iväg?"

Jag vände mig om med tårar i mina ögon. Jag kunde inte ens hindra dem. Han var jättesnygg. Jag var ingen. Jag hade gjort honom arg. Gud, jag hade aldrig haft en gäst som jagat mig tidigare.

"Jag såg dig när du kom ut ur duschen. Jag ber om ursäkt att jag gjorde intrång."

"Hur gör du intrång? Min engelska är inte bra, men det låter förvirrande."

Jag rynkade på ögonbrynen.

"Herr Braun, jag kommer att be min chef ska komma upp till ditt rum för att se till att du är tillfredsställd med hotellets service."

Han tittade över hela mig igen. "Jag är väldigt tillfredsställd med min städerska, det kan jag försäkra dig om. Om du stannar så kan du bli tillfredsställd också."

Jag rodnade, min hjärna tänkte snuskigt direkt. Menade han vad jag trodde? Tillfredsställd? Jag stängde mina ögon och försökte hålla tillbaka rysningarna som kändes i ryggraden, som förstenade mina bröstvårtor till två diamanthårda toppar.

Hissen plingade, tack gode Gud.

Jag skakade på huvudet. "Jag måste gå."

"Nej."

Nej? Jag hörde dörrarna öppnas bakom mig och jag snurrade runt, hoppade in och tryckte på knappen för källaren. Jag vände mig mot Atlanen, och såg hans ansikte när han förstod att dörren skulle stängas.

Bakom honom kom en handfull av kvinnor ut i korridoren som hade hört uppståndelsen. Deras reaktion av synen skapade upphetsning. Medan jag tittade dök tre kvinnor till upp, och varenda en av dem gick mot Braun.

"Jag ber så mycket om ursäkt." Hissdörren började att stängas, och jag såg en silkeslen hand med perfekt manikyr sträcka sig runt Brauns biceps bakifrån. Blodröda naglar, ljusblåa ögon och midnattssvart hår. Hon var rum 1214. Jag visste precis eftersom hon hade ringt till städchefen och insisterat på att få tre extra småflaskor av schampo och balsam varje dag. Hon såg ut som en riktig prinsessa.

Helvete, det kanske hon var.

"Braun? Är allt okej?" frågade 1214, hennes röst fick mitt skinn att krypa. Så raffinerad och perfekt. Som om hon växt upp och gått på en internatskola med drottningen av England.

"Nej." Han ryckte till av hennes beröring och sprang mot dörrarna, om det var för att stoppa hissen eller komma in i

den visste jag inte. I hans brådska gled handduken av från hans midja. Dörrarna stängdes och jag fick se varenda centimeter av det Atlanska odjuret.
Inklusive de mellan hans ben.

2

Krigsherre Braun, Korridoren på Tolfte Våningen

JAG HADE HITTAT HENNE. Min partner. Den vackra, mörka kvinnan som hade kommit in i mitt rum.

Jag hade lärt mig från krigsherre Wulf att i ögonblicket han hade upptäckt Olivia så hade hans odjur valt, och det hade inte funnits något tvivel, ingen ånger, bara frid med hans val.

Olivia, hans mänskliga partner, hade skrattat och sagt att det var något som kallades magi, ett mystiskt koncept som människor trodde på. Jag hade inte förstått någon av dem, men nu verkade det förnuftigt.

Min partner hade framträtt som om det var magi, som om jag hade... trollat fram henne från de sista delarna av hopp som höll mig samman.

Nej, inte hopp. Disciplin. Återhållsamhet. Jag hade hållit mitt odjur i schack i flera år nu, den Atlanska förbannelsen av parningsfebern var en konstant eld i mitt blod. Ändå höll jag alltid min iskalla kontroll. Att tillåta en enda akt av rebellhet av mitt odjur skulle vara att ge upp helt.

Och det kunde jag inte göra, för odjuret skulle inte underkasta sig till mig efter att han blivit fri. Han skulle slita sönder och förstöra allt och alla i hans väg—utom henne.

Med handflatorna platta mot de kalla hissdörrarna tog jag flera djupa andetag och tryckte ner honom i helvetets håla inom mig där jag hade haft honom fastkedjad för länge. Månad efter smärtsam månad hade han lugnat sig när jag höll Carolines och Rezzers tvillingar. Han lugnade sig när något av barnen skrattade och lekte i närheten. Mitt odjur skulle aldrig bli ilsket när ett oskyldigt barn var runtomkring. Men till och med det hade börjat att tappa sin effekt.

De senaste månaderna hade han helt enkelt härjat inom mig. De mentala väggarna jag hade byggt för att hålla honom under kontroll var tunna. Farligt tunna.

Om jag inte kunde hitta en kvinna att binda honom till skulle han tvinga mig att välja avrättning. Styrkan och stridsilskan en Atlansk krigsherre hade var både en gåva och en förbannelse.

Jag behövde min partner, och parningsarmbanden runt mina handleder. Och hennes. Mitt odjur krävde en kvinna att tjäna och skydda. Att tillfredsställa. Att förankra både odjur och man i denna värld. Eller ja, inte jorden, men *med* mig. Och han hade valt.

Och ändå hade hon flytt. Städerskan, vår partner, hade glidit igenom våra fingrar.

Oförmögen att hålla in explosionen av känslor som odjuret slängde åt mig, öppnade jag min mun och vrålade åt den stängda dörren. Bara en gång. Odjuret ville att hon skulle veta, skulle höra, för att svara på hans anspråk.

Fan. Jag tryckte min panna mot den kalla metallen och

försökte att lugna ner mig, mitt odjur kämpade med allt han hade för att riva upp dörren med våra bara händer, hoppa ner i hisschaktet och *ta henne* till en säker plats. Någonstans där hon kunde lära oss. Någonstans tyst och avskilt och perfekt för att göra henne vår.

Ända sen jag hade kommit till jorden hade jag omringats av kvinnor som jag omedelbart visste inte var mina, och odjurets frustration hade växt exponentiellt värre. Jag var lättretlig, frustrerad. Irriterad. Dessa tjugofyra kvinnor som hade valts för *Bachelor: Odjuret* programmet var precis som Wulf hade beskrivit. Vissa arroganta och ytliga. Vissa som var nyfikna på utomjordingsmän. Vissa trevliga. Alla väldigt vackra.

Mitt odjur ville inte ha någon av dem.

Jag var nöjd över att veta att genom galenskapen i ett nöjesprogram på jorden, fanns det mänskliga kvinnor som var ivriga att hitta en partner i en värdig Koalitionskrigare, även de som var från Kolonin, men det var annorlunda när alla av dem jagade *mig*.

De var som Kupans ingripare, cirkulerade och väntade på att slå till.

Till och med nu när jag stod och stirrade på de stängda hissdörrarna—min partner var nu någon annanstans på detta hotell—visste jag att de stod på kö här i korridoren. Hela våningen var reserverad för de som deltog i TV-programmet.

Bakom mig stod kvinnan—Priscilla var hennes namn—och lurade. Väntade. Jag kände igen hennes sötsliskiga lukt utan att ens vända mig om.

Mitt odjur kändes redan i harmoni till min partner. Han hade sett hennes rynkande ögonbryn, missnöjet i hennes blick när den jobbiga deltagaren hade rört mig. Vi hade gjort vår partner upprörd genom att tillåta beröringen, även om det bara var för ett ögonblick.

Ett mjukt prasslande av kläder och jag visste att Priscilla rörde på sig, redo att försöka igen.

"Rör inte mig, kvinna," varnade jag henne, jag vägrade att vända mig mot henne och hoppades att hon bara skulle försvinna.

Hon flämtade men tog ett steg tillbaka. "Jag ber om ursäkt, jag bara—"

Hennes ord spårade iväg, men jag brydde mig inte om att höra dem ändå. Hennes avsikt var uppenbar. Förförelse. Hon förstod inte Atlanerna. Hon hade redan förlorat tävlingen fast den inte ens hade startat. Mitt odjur ville inte ha något att göra med henne. Mitt odjur var bara intresserad av en kvinna nu.

En.

Min. Min. Min. Odjuret sjöng i mitt huvud och jag kunde inte få honom att hålla käften.

Jag borde slita upp metalldörrarna av hissen, men jag visste att min partner inte skulle vara där, jag hade lärt mig om konceptet av en hiss när jag hade anlänt. Hur primitiva maskinerna var på jorden.

Min kuk var hård. Mitt odjur försökte komma upp till ytan, ivrig att jaga vår partner. Smaka på henne. Röra vid henne. Bära henne tillbaka till sviten och knulla henne. Jag skulle hålla henne försiktigt mot väggen, hennes ben runt min midja. Hon var så liten att jag undrar om hon ens hade kunnat korsa sina anklar bakom min rygg.

Jag rörde vid basen av min kuk och gav den en bestämd smekning. Ja, hon skulle vara villig. Mjuk. Läcker. Våt. Jag skulle inte behöva vara orolig över att krossa henne med de fylliga kurvorna. De skulle vara som en kudde när jag tog henne. När jag gjorde anspråk på henne som min.

Hon skulle acceptera mina parningsarmband, och jag skulle ta iväg henne från denna primitiva planet. Olikt alla de andra jordkvinnorna på Kolonin, hade hon vacker, mörk hud, som den mörkaste av Prillons hudtoner. Hennes hår var svart som den yttersta delen av rymden, så tjockt och långt att jag kunde linda in det runt min knytnäve och hålla henne på plats för min kyss.

Fan! Jag smekte min kuk upp och ner några gånger till, men det lättade inte mitt behov. Inget skulle göra det förutom att göra anspråk på min partner. Jag hade väntat på henne i hela mitt liv, och nu hade jag hittat henne.

Tre dagar. Jag hade varit på den här omvända planeten i tre dagar. Jag hade förväntat mig att vi skulle börja med programmet direkt, men Chet Bosworth, den irriterande lilla människan som kallades "programledaren", hade fått någon konstig mänsklig åkomma som kallades ögoninflammation och vägrat att vara framför kameran tills den var borta.

Det fanns inga ReGen-stavar här, så jag hade blivit tillsagd att det skulle ta dagar för Chet att bli bra. Jag hade praktiskt taget slitit av mig håret på grund av förseningen. Jag hade haft ett kommunikationssamtal med Wulf och klagat. Jag hade till och med klagat till guvernör Maxim och hade starkt klargjort mitt missnöje att bli vald som *frivillig* för att vara med i den nästkommande säsongen av *Bachelor: Odjuret*.

Han hade försökt hjälpa mig. Jag hade brudtestats men hade inte matchats. Nu ville jag kyssa guvernören för han hade haft rätt. Jag hade hittat min partner här på jorden. På grund av denna löjliga show. Precis som med Wulf hade hon inte varit en av deltagarna.

Jag visste inte hennes namn. Jag visste inte vart hon hade försvunnit till. Jag drog min hand genom mitt hår, och snurrade runt. Mitt odjur pressade mig att hitta henne. Hon var i byggnaden. Jag ska söka genom varje våning. Jag andades tungt, och mina knytnävar spändes.

Sen såg jag kvinnorna som stod utanför sina rum över hela våningen. Den hemska flerfärgade mattan och de guldiga väggarna fick mig att sakna den femte basens enkla design ännu mer.

Kvinnorna praktiskt taget flämtade i kör när jag tittade på dem, med min kuk i min hand. Deras munnar var antingen helt öppna eller i breda leenden. Deras blickar var fixerade på min kuk. Varenda en av dem. Priscilla, som hade vågat röra vid mig, tog ett steg tillbaka.

Hon var tapper, men hon var inte dum.

"Hej, stora mannen, behöver du hjälp med det där?" frågade en annan. Hennes blonda hår låg långt och blankt över hennes rygg. Hon var smal nog att jag ifrågasatte hennes näringsinnehåll medan storleken på hennes bröst fick mig att tänka att om hon födde ett barn skulle det inte vara hungrigt.

Jag hade träffat henne förut. Ginger eller Grace eller Gabby. Något på G.

Det var hennes skärande ord som fick mig att inse att jag var naken. Kuken i handen. I korridoren.

Fan. Ta. Mig.

Jag släppte min kuk, fast den la sig inte ner eftersom den var så jävla hård.

"Vad exakt är en städerska?" frågade jag henne.

Hennes ögon vidöppnades när jag kom närmre. Hon försökte att titta mig i ögonen, men hennes blick fortsatte sänkas ner på min kropp. Jag var inte alls blygsam. Hon kunde titta allt hon ville, jag brydde mig inte. Hon rörde inte mig, och hon skulle inte göra det. Odjuret skulle inte tillåta det.

"En städerska?" frågade hon med rynkade ögonbryn.
"Någon som städar."
"Varför kan inte människor städa själva?" frågade jag.
Hon flinade och blinkade åt mig. "Du ser inte smutsig ut enligt mig, men jag skulle gärna hjälpa dig att bli ren om du behövde det."

Wulfs nya partner, Olivia, himlade med ögonen ofta. Det gjorde även andra mänskliga kvinnor på Kolonin. Jag var lockad att göra samma gest nu. "Varför?" frågade jag genom ihopbitna tänder.

"För du är jättesnygg."

Mitt odjur ville vråla mot henne och få henne att springa iväg från oss. Men det hade inte hjälpt någon av oss, och vi behövde svar. "Varför städerskor?"

"Varför hotellet har städerskor?" Två till deltagare slöt upp med henne och de ögnade mig som en trio nu.

Jag nickade. Jag var tvungen att hitta min partner, och om jag var tvungen att få informationen från dessa kvinnor, skulle jag göra det. Hur smärtsamt det än var.

"Vi är inte hemma. Det här är som en semester. Så någon annan måste göra det jobbiga." sa den blonda.

Kvinnan jämte henne—lika vackert mörkhyad som min partner—nickade, och la till, "För att det är deras jobb."

Jag var inte van vid att någon skulle tjäna mig. Det var vad min partners anställning innebar, även om titeln på jorden kallades *städerska*. Tjänstefolk på Atlan respekterades och uppskattades som en del av familjen. Alla hade jobb och alla sågs som likvärdiga, men baserat på tonen och det bortskämda avfärdandet av dem som tjänade dem, fick dessa två kvinnors svar mig att ogilla dem oerhört. Det var en sak att inte vilja göra anspråk på en kvinna, en helt annan att inte respektera dem överhuvudtaget.

"Lämnade inte städerskan några handdukar eller något

till dig? Jag har några i mitt rum," erbjöd den mörka kvinnan. "Du kan få vad du vill därinne."

Det dubbla budskapet gick inte över mitt huvud. Hon gjorde en liknande rörelse som Priscilla, hon sträckte sin han farligt nära min arm.

Jag tog ett steg bort. Ingen kvinna ska röra mig utom min partner.

"Nej, jag har rena handdukar i mitt," kontrade den blonda, och lyfte sin hand för att lägga den på mitt bröst.

Jag ryggade tillbaka. Jag skulle aldrig skada en kvinna, men dessa tre testade mitt tålamod. Ett välplacerat vrål, kanske ett stabilt morrande skulle tvinga dem att lära sig lite respekt.

Var detta hur de behandlade mänskliga män? Som en köttbit att bråka över? Som ett pris att vinna? En sak att erövra istället för en värdig man av heder? Inte en av dem hade frågat mig en enda fråga. De visste inget om min familj, kriget, eller mitt förflutna.

Kanske visste de inte ens mitt namn, för inte en enda av dem hade använt det.

Om det var så, var det ett under att inte varje man på jorden redan hade anmält sig som frivillig att ställa upp för att tjänstgöra i Koalitionens flotta för att komma bort från dem.

Och ändå... de mänskliga kvinnorna jag kände, de som var parade med andra krigare, var inte som dessa kvinnor. Jag antar att min partner kommer vara mer som Olivia och Caroline och inte som det mänskliga djuret som kallades *gamar* som cirkulerade mig nu.

"Kommer städerskorna tillbaka efter något slags schema?" Jag hade inte sett någon innan åsynen av min partner. De senaste dagarna hade jag varit med i intervjuer och andra udda möten för programmet. Jag hade till och med varit tvungen att testa jordkläder som skulle fixas för min storlek.

De nickade unisont. "Varje morgon."

"Ehh... varför står du i korridoren naken?" frågade den blonda.

Jag tittade ner på mig själv och ville himla med ögonen. Igen. Jag gick runt kvinnorna och gick till min svit, dörren stängdes igen bakom mig. Jag lät fram ett vrål som fick fönsterrutorna att skaka.

Jag hade tjugofyra kvinnor hängandes i korridoren utanför mitt rum, och ändå hade den jag ville ha flytt. Men hon skulle återvända. Imorgon.

Väntandet skulle vara en plåga. Jag skulle storma genom hotellet och hitta henne. Mitt odjur älskade den idén. Men hon hade flytt när mitt odjur inte hade kontrollen. Om jag lät honom ta över kanske jag skulle skrämma iväg henne för alltid.

Nej, jag skulle låta henne komma till mig. Jag skulle ha tålamod. Fan, jag var inte säker på hur jag skulle klara det, men det ska jag. Jag skulle göra vad som helst för min partner, inklusive att vänta. Jag hade redan väntat i åratal. Vad skulle några timmar till göra?

Mitt odjur gillade inte sättet jag tänkte på. Han var ilsken faktiskt. Otålig. Kämpade för att bli fri och förstöra allt och alla i vår väg. Han *behövde* henne. Överlevnadsinstinkten kom igång, och jag var tvungen att böja mig fram, sätta händerna på mina knän och stänga ögonen tills jag kunde tänka.

Tänk.

Jag måste vara smart. Jag kunde inte göra ett enda misstag. Min feber skulle bara bli värre nu när jag hade hittat henne och inte kunde göra anspråk på henne. Jag var tvungen att vara jävligt tålmodig.

Imorgon, lovade jag honom. Imorgon skulle vi känna oss befriade. Imorgon skulle vi inte längre vara ensamma och elden som brann genom vår kropp skulle sluta att bränna. Göra ont.

Städerskan var min. Hon visste bara inte om det än.

3

ngela, Tjugofyra Timmar Senare

"Jag menar det Casey, jag kan inte göra det." Jag hade gömt mig i tvättrummet i minst tio minuter, min mobiltelefon fick min handflata att svettas. Mobilbatteriet gjorde mig varm. Plus värmen från torktumlarna. Det var inte tanken av att gå till den heta utomjordingens svit igen, även om det var för att städa hans toalettstol.

Herre gud. Jag kunde seriöst inte göra det.

Casey, min bästa vän i världen sen mellanstadiet, skulle normalt sätt vara i stan och ge mig lysande råd. Istället var han nu i Paris på någon dum modekonferens och tittade på skor och handväskor och kläder jag inte hade kunnat passa i sen ungefär tredje klass. Jag hatade honom och hans flotta jobb. *Paris.* Medan jag stod i en hotellkällare, där luftfuktigheten fick mitt hår att krulla sig.

"Lyssna på mig vännen," kontrade han. "Du ska marschera din heta mörkhyade röv in i hissen, ta den till högsta våningen, och städa den där mannens rum som en professionell människa."

Jag himlade med ögonen även om han inte kunde se mig över ett jäkla hav. "Han är inte en man."

Caseys väldigt uppskattande manliga skratt fick mig att tycka synd om varje gay man inom en hundra mils radie av min bästa vän. "Det är *inte* vad du sa till mig igår kväll. Åh nej. Du sa att hans kuk var i storleken av—"

"Sluta!" Jag strök bort det klibbiga håret från mitt ansikte och suckade. "Påminn mig inte." Som om jag behövde påminnas. Jag hade inte tänkt på mycket annat sen jag hade sprungit ifrån honom igår. Att han var en utomjording som hette Braun som var här på jorden, för att hitta den perfekta kvinnan på *Bachelor: Odjuret* TV-showen. Den sexiga utomjordingen vare kvinna på planeten fantiserade om.

Eller ja, jag hade också tänkt på hans bröst. Hans läppar. De muskulösa låren.

"Han kommer förmodligen inte ens komma ihåg dig, eller hur?" frågade han, knastret i telefonen påminde mig om hur fantastiskt det var att jag kunde prata med min bästa vän tusentals mil bort, men det fick mig att inse att Braun hade kommit från en planet miljoner mil bort. Miljoner. Mil.

"Det är vad du sa till mig igår kväll," la han till.

Jag kunde inte låta bli att himla med ögonen. "Efter att jag berättat för dig att han jagat mig ner i korridoren."

Casey skrattade. "Naken också. Du sa att du ville—vad sa du nu igen? Hmmm? Slicka över hela hans kropp? Rida honom som en cowgirl?"

Jag satte handen framför mitt ansikte fastän jag visste att ingen kunde se mig. "Håll käften Casey. Påminn mig inte." Två glas vin, Oscar spinnandes i mitt knä, och jag

Skapad för Odjuret

erkände saker till min bästa vän som jag inte borde ha gjort.

"Kvinna, du ville ha honom. Du pratade aldrig om Kevin på det sättet. Så varför sprang du därifrån? Har jag inte lärt dig något? Om en man du vill slicka över hela kroppen jagar dig, naken, borde du stanna och ta reda på om han skulle låta dig göra det."

"Nej. Det borde jag inte." Vilken katastrof. "Jag fick inte sparken i alla fall," erkände jag. Jag väntade hela dagen igår efter att mitt skift var över på att min chef skulle höra av sig och berätta för mig att jag hade sparkats. Inget samtal hade kommit, så jag hade gått till jobbet i morse. Rädd. Men ingen hade sagt något eller tagit bort mig från tolfte våningen, så jag jobbade.

"Du har inte gjort något fel," påminde Casey.

"Jag uppförde mig som en idiot och fick panik. Och glodde. Det är inte meningen att jag ska dregla över gästerna." Det var därför jag var så jävla nervös nu. Braun var den vackraste varelsen jag någonsin sett. Och det betydde något, eftersom jag uppskattade skönheten i alla dess former. Speciellt *hans*.

De två dussin jättesnygga kvinnorna som lurade runt i korridorerna och alltid försökte träffa på honom utanför hans rum var alla fina på sina egna sätt. Unika. Verkligen vackra.

Jag hade gett dem ett fint pris. Braun, naken och med en lång, lång promenad tillbaka till sin svit. Vi hade kanske varit ensamma när jag först sprang ifrån hans rum, men jag hade sett hur kvinnorna kommit ut från sina rum när han skrek, och samlats bakom honom, väntandes på att attackera så fort hissdörrarna stängts.

Och när jag hade sett Priscillas hand smeka runt hans biceps som om hon ägde honom?

Jag ville *fortfarande* klösa ut hennes ögon från hennes söta, perfekta ansikte.

"Nå ja, du vet vad jag tycker. Jag har sagt det till dig tusen gånger."

"Ja. Jag älskar dig."

"Älskar dig också. Sluta nöja dig med skitstövlar."

"Verkar som det är det enda som finns kvar." Jag var tjugofyra, inte tretton. De flesta av mina vänner från gymnasiet hade gått vidare. Universitet. Yrkeshögskola. Gifta. Vad som helst. De levde sina liv, och jag försökte fortfarande att börja mitt. Sex år i sjuksköterskeutbildning måste vara ett rekord... och jag var fortfarande inte färdig.

Jag suckade exakt samtidigt som min walkie-talkie gjorde ett ljud.

"Angela. Är du färdig med presidentsviten? Jag är färdig på våning två. Jag kan hjälpa dig om du behöver det."

"Jag är okej. Tack, Tina. Gå hem." Jag pratade tyst in i radion, men Casey hörde ändå varenda ord.

"Det är rätt, Ang. Gå och fånga honom," sa Casey. "Glo byxorna av mannen. Vänta, hans byxor var redan av!" Han skrattade. Det gjorde inte jag. "Jag vill ha detaljer när jag kommer hem nästa vecka."

"Håll käften. Du är en sådan player."

"Det borde du också vara. Det är roligare, speciellt när de är värda att dreglas över."

"Jaja. Ta med fantastiska franska skor hem till mig!" påminde jag honom innan han la på.

Jag la ner mobilen i min ficka. Precis som kvinnorna här som försökte vinna Brauns hjärta—vars rum jag också städade denna vecka—var Casey vacker, sensuell och min exakta motsvarighet när det kommer till sexuell aggression. Om Casey såg en man han ville ha, satsade han. Han blev avvisad ofta, men det stoppade inte honom från att försöka.

Jag kunde räkna på två fingrar antalet män jag hade legat med. Kevin hade varit rolig, eller det var det jag trodde. Vi fixades ihop, av vänner till vänner. Han hade verkat som en bra kille. Som sonen av en politiker hade han lärt sig att manipulera och ljuga. Fejkade skit som ett pro. När han hade velat flytta in hade jag inte insett att han hade sparkats från sitt jobb och spelade för att *försöka* tjäna pengar. Det hade varit frid och fröjd med honom, och han hade varit för slug för att låta mig se något annat. Jag hade låtit honom bo med mig och insåg för sent vad han höll på med. För en kille som hade en pappa med djupa fickor—typ superrik—hade Kevin stulit från mig för att betala av sina spelskulder. Jag hade kastat ut honom... och alla hans tillhörigheter.

Och sen hade det varit Brandon, den gulliga killen jag hade träffat mitt första år i college. Han var gullig, men rörde sig väldigt långsamt, och när han äntligen tagit mod till sig, hade han varit lite för snabb när det kom till orgasmer. I alla fall när det kom till hans.

Jag hade tänkt att vi var unga. Att det tar tid att lära känna våra kroppar. Men det hade varit dumma tankar från mitt håll. Kevin hade inte brytt sig om att få mig att komma. Jag borde ha ritat en karta så han kunde hittat min klitoris. Jag borde ha dumpat honom då, men dumt nog hade jag inte det utan fick lära mig den hårda vägen. Den väldigt *dyra* vägen att han var en skitstövel. Att han hade dolt sin vana, och mig, för sin pappa. Jag suckade och släppte min ångest över den idioten.

Jag var oförmögen att förskjuta det oundvikliga en minut till utan att bokstavligen riskera mitt jobb, så jag körde in min städvagn i servicehissen och åkte upp till VIP-våningen och Brauns dörr.

Jag knackade tre gånger.

"Housekeeping!"

Tystnad. Igen.

Andetaget jag inte insett att jag höll inne kom ut som en hög suck. *Tack gode Gud.*

Jag knackade igen och tillkännagav mig själv ännu en gång, bara för att vara säker. När ingen svarade fortfarande använde jag min nyckel och gick in i rummet. Som vanligt lämnade jag vagnen i korridoren.

"Housekeeping!" ropade jag igen, jag ville inte ha en upprepning av gårdagen. Okej, det kanske jag ville, men jag var rädd att jag skulle springa iväg och se lika dum ut en andra gång. En gång var tillräckligt.

När det inte kom något svar gick jag till samma sovrum, men denna gång stack jag in mitt huvud först. Tomt. Jag gick på tå—som en idiot—till badrumsdörren och kikade in där också.

Jag suckade. Varför slog mitt hjärta ut ur mitt bröst? Varför stack det i mitt skinn med besvikelse? Han var inte här. Jag hade undvikit honom, men jag var ledsen över att han inte var där.

Jag var en idiot. Och en hot mess.

Jag hade fortfarande mitt jobb, så det betydde att jag måste städa sviten. Den tacksamt *tomma* sviten.

När jag gick för att hämta mina produkter, var dörren till sviten stängd. Jag flämtade till.

Med sin rygg mot dörren, blockerandes utgången, var Braun.

Utomjordingen.

Cyborgen.

Den sexigaste jävla mannen jag någonsin sett.

Han såg uttråkad ut, med armarna korsade över sitt bröst—vilket, oturligt nog, var täckt med en tajt T-shirt. Tröjan matchade den honungsbruna färgen av hans hår. Han hade guldiga ögon som hade sett ovanliga ut, även utan den udda silvriga cirkeln som jag precis kunde skymta runt hans irisar. Och han var lång. Längre än jag kom ihåg från dagen innan. Taket i hans svit var bara några centimeter ovanför hans huvud.

Gud hjälp honom, han måste vara tvungen att ducka för att kunna gå runt utan att slå i sitt huvud i taklamporna.

"Berätta ditt namn för mig."

Hmm, detta var inte vad jag förväntade mig, hans befallning irriterade mig, speciellt eftersom han blockerade min väg ut. Jag tryckte ihop mina händer till knytnävar, och öppnade dem sen. "Jag tror inte det. Jag ska gå. Vänligen ring ner till receptionen när du är redo att få ditt rum städat."

Han rörde sig inte ur fläcken. Inte. En. Centimeter. Han blinkade inte ens, hans guldiga ögon fokuserade på mig som två lasrar. Jag borde vara rädd, en gäst som inte lät mig lämna hans svit. Det var jag inte. Inte med honom.

"Snälla, kvinna, jag skulle bli hedrad om du går med på att dela ditt namn med mig."

Jag rynkade på ögonbrynen. Jag hade inte hört någon prata på ett sådant formellt och artigt sätt förut. "Var lärde du dig prata engelska?"

Han var en utomjording från en annan planet. Igår kväll hade jag spenderat timmar undrandes hur han hade pratat med mig. Jag hade hört talas om ett NPU som en brud fick när hon matchades så att hon på sin nya planet kunde förstå sin partner och alla andra språk i universum. Men bara för att hon kunde förstå vad hon hörde betydde inte det att hon kunde prata utomjordingens språk.

"För att vara tillgänglig för resan till jorden för att hitta en partner är vi tvungna att studera och lära oss ert språk på Kolonin," svarade han.

"Måste ni göra ett test?"

"Självklart. Har jag sagt något fel?"

Han såg genuint upprörd ut över idén, så jag skakade på huvudet. "Nej. Din engelska är perfekt."

"Ditt namn. Snälla."

Jag hade visat honom min namnbricka dagen innan, men det var möjligt att de inte hade sådana saker i rymden.

Jag hade inget hopp om att stå emot honom, inte på riktigt. Inte när han var en gentleman. "Angela. Angela Kaur. Min mamma föddes i Alabama, och min pappa är från Indien. Han är en ingenjör." Dela med dig för mycket? Som om en vattenreservoar som gått sönder, fortsatte jag. Babblade. "Och du är Braun, här för *Bachelor: Odjuret* showen. Varför jagade du mig nerför korridoren igår? Varför morrade du? Och *såg* du alla kvinnorna som bara väntade på att sätta sina klor i dig? Showen har inte ens börjat ännu, och de kretsade runt dig som skönhetsdrottningsgamar. Hur många följde efter dig till ditt rum?"

Det måste vara att vara feromoner, eller? Hans. De fick mig att babbla och stirra och *vilja ha*. Och låta som en svartsjuk häxa.

Sluta. Prata.

Hans flin fick mitt hjärta att hoppa över ett slag. Jävla skit, det leendet var skoningslöst. Det ändrade honom från imponerande, möjligen farlig utomjording till... klättra-på-honom-som-en-apa het. "Varenda en av dem."

"Varenda en av dem?" Skit. Jag hade skojat. Mestadels. Jag hade aldrig känt mig så ärtgrön med avundsjuka tidigare. Jag hatade varenda en av de bimbosarna och deras lyxiga hårprodukter.

"Var du svartsjuk?" frågade han.

Skit. Vad var det rätta svaret här? Sanningen? Sanningen var *ja för i helvete*, men jag höll mig tyst och han fortsatte prata.

"Vet du vad jag önskade efter?" Hans röst var inte mjukare, men den var tystare. Som om han delade en hemlighet även fast vi var helt ensamma.

Jag skakade på mitt huvud medan han rörde sig iväg från dörren och mot mig. Långsamt. Som om jag var en hispig gatukatt som var redo att sticka. Jag höll mig stilla och svalde. Ju närmre han kom, desto mer var jag tvungen att luta mitt huvud bakåt.

"Dig. Jag väntade på att du skulle komma tillbaka." Han tog upp sin hand och rörde vid de mörka lockarna som hängde runt mitt ansikte, kände på stråna mellan sina fingertoppar. "Jag ringde receptionen för att fråga efter ditt namn."

"Gjorde... gjorde du?"

"Ja. De vägrade att ge mig din kommunikationsinformation eller berätta för mig var du bodde." Hans fingertoppar kände längs konturen av mitt ögonbryn innan det gled ner mot sidan av min kind. Jag fick gåshud. "Allt jag kunde göra var att vänta."

"Vänta?"

"Och hoppas."

"På vad?" Inget av det här lät vettigt.

"På det här."

Jag borde tagit ett steg bakåt, ursäktat mig från rummet och fortsatt med mina uppgifter.

Att umgås med en gäst skulle få mig sparkad.

Att låta en av dem lägga sin hand på mitt ansikte och luta sig ner som om han skulle kyssa mig? Det var definitivt att *umgås*. Värre. Jag *behövde* det här jobbet. Jag hade precis flyttat in i en egen lägenhet, och jag hjälpte fortfarande mina föräldrar att betala för den nya experimentella behandlingen som farfar fick. Han mådde bra, verkade vara på vägen till återhämtning. Men den skiten var dyr, och försäkring täckte inte allt av den. Om jag fick sparken skulle jag aldrig ta examen från sjuksköterskeutbildningen, och det var min väg till en karriär och en bra lön. Och det enda jag hatade mer än att städa toaletter var att leta efter ett nytt jobb.

Nej. Jag kunde inte—

Hans tumme strök mot min kind, och jag förlorade min förmåga att tänka. Jag ville ha de händerna *över hela mig*. Hela mig. Varenda centimeter. Han var enorm. Kraftfull, fast hans beröring var mer än öm, som om han försökte väldigt hårt att vara försiktig. Hans bröst var dubbelt så brett som en normal mans, och allt om honom skrek *makt*. Säkerhet. Bekvämlighet.

Njutning.

Skit. Han höll sig helt stilla, stirrade in i mina ögon samtidigt som jag kämpade med mitt eget krig inom mig. Om han hade rört sig alls, sagt något, hade jag förmodligen hoppat iväg som en kanin. Istället stirrade jag tillbaka. Och ville ha mer.

"Vad... vad gör du?"

Hans ansikte svävade så nära att jag drunknade i de guldiga och silvriga ögonen. "Är det inte uppenbart? Jag kommer att kyssa dig, Angela Kaur av jorden."

Jävla skit.

"Varför?" Förvirringen var verklig, och gick rakt in i mig. Varför jag? Jag var en städerska. Fattig. Jag hade lite maskara, men inget annat. Mina kläder var en två dagars gammal städerskauniform—och om jag var försiktig kunde jag utöka det till tre dagar innan jag var tvungen att gå till tvätteriet. Den mest förvirrande delen? Han hade två dussin jättesnygga, ivriga, eleganta, perfekta kvinnor redo att ge honom vad han än ville ha sekunden han lämnade rummet. Påklädd eller naken.

"För du är vacker och har perfekta kurvor och du luktar som—"

Sättet som orden flög ut ur hans bröst fick mina knän att bli svaga. "Som vad?" Jag ville desperat veta exakt vad han skulle säga.

"Min."

Mitt hjärta hoppade över ett slag. "Du skojade inte om språkklasserna, eller hur?"

"Får jag kyssa dig, kvinna? Röra dig? Jag måste röra dig." Hans röst hade antagit en ny fascinerande klang, nästan som ett vrål, och han andades hårt, pulsen i den nedre delen av hans hals brummade iväg som en trumma precis under hans hud. Han ljög inte. Han ville ha mig.

Mig!

Vilket var galet. Men hans beröring, hans blick. Jag hade sett videon av när krigsherre Wulf slog ut en kameraman för att få sin kvinna. Braun var inte *så* galen, som att ta sönder en scen och vråla, men han var intensiv. Ju längre jag stod så nära honom, hettan från hans kropp omringade mig som ett löfte, desto mer upphetsad blev jag.

"Ehh..." *Japp, väldigt smidigt.*

"Du får kyssa mig, om du vill." Han rörde sig närmre mig tills allt jag behövde göra för att få hans läppar var att ställa mig på tårna. Bara precis.

Gode Gud, denna man var livsfarlig. Trossmältande, tappa-förnuftet-och-ge-honom-vad-han-än-vill-ha livsfarlig.

Och vad ville jag ha? Dumma, idiotiska, romantiska mig ville ha den där kyssen. Och mer. Mycket mer.

Tillräckligt att bli sparkad över det?

Ja. Tydligen var svaret på den frågan ja. För i helvete ja. Ett jag-vill-ha-honom-naken ja. Casey hade inte fel. Jag borde *ta för mig.*

Mina osäkerheter kom fram för att ifrågasätta allt dock. "Vänta. Du har alla deltagarna. De är jättesnygga."

"Det är du också."

"Jag är en städerska."

"Du är hederligt anställd."

Jag hade aldrig tänkt på det så tidigare.

"De är bokstavligen här för dig."

"Vilka?"

"Deltagarna," sa jag, min frustration steg.

"Jag åtrår ingen av dem. Mina språkkunskaper måste vara dåliga om du fortfarande inte förstår. Min kuk var lika hård för dig igår som den är idag."

Jag tittade ner mellan oss. Även om han var helt påklädd —denna gång—kunde jag inte missa den tjocka konturen av hans *intresse* av mig.

Min fitta spände sig när jag tänkte på om den saken skulle få plats. Kvinnor över hela världen skulle örfila mig om jag inte höll käften och red odjuret.

"Okej." Efter att jag tog beslutet, var det färdigt. Färdigt. Jag hade inte tid att ifrågasätta mitt liv.

Jag sträckte mig upp, la mina armar runt hans huvud, grävde in mina fingrar i det snygga, honungsbruna håret på sättet jag ville sen första gången jag såg hans foto på en reklambild, och drog han nära mig.

Våra läppar möttes, och jag kunde se att han höll tillbaka. Om jag skulle avskedas för det här, skulle det där inte duga. Jag ville ha kyssar och hett, upp-mot-väggen, hjärnsläppande sex. Det fanns ingen chans att en kondom skulle passa Braun. Jag hade sett hur stor han var, visste att till och med magnumstorleken inte skulle fungera. Lyckligtvis gick jag på p-piller. Det var inte som om jag skulle bli gravid med en utomjordingsbebis. Och jag *ville ha honom.*

Jag ville ha hud-mot-hud. Jag ville känna musklerna pressandes mot mina ömmande bröst. Jag ville ha hans händer över varenda centimeter av min hud. Och jag ville ha hans hårda kropp djupt i mig.

Jag tog ett steg bakåt, bröt den kyska kyssen. Han grymtade men lät mig gå, hans ögon vidöppnades när jag började att knäppa upp min uniform.

"Vad gör du kvinna?"

"Jag vill ha dig, och jag tror att du vill ha mig. Och eftersom alla tror att jag är härinne och städar, kanske detta är vår enda chans—" Jag lät tanken hänga i luften när jag sparkade av mig mina skor och kastade min uniformsblus över ett armstolsstöd. Jag stod i mina trosor och bh, och undrade om jag precis gjort ett stort—STORT—misstag när Braun satte sig på ett knä, med huvudet nedböjt. En hand klöste på mattan; den andra var i en knytnäve vid hans sida.

Han stönade som om han kände smärta. Seriös, hemsk smärta.

Medan han stod på knä framför mig var våra huvud i samma höjd. "Är du okej?"

"Jag kan inte kontrollera honom mycket längre."

"Vem?" Jag tittade runt i rummet. Vad pratade han om? "Vill du att jag ska gå? Jag ber så mycket om ursäkt."

Jag sträckte mig efter min blus, flippade ut över hur jag hade förstört det. Igen.

"Nej!" Den skällda befallningen fick mig att hoppa till. När Braun lyfte sitt ansikte flämtade jag. Hans käke var bredare, hans ansikte hade fått en primitiv struktur som fortfarande var jättesnygg, men mer... bara mer. Större skelett. Intensiva ögon. Han såg ut som en vildare version av sig själv.

Då visste jag. Jag hade sett det hända för Wulf på

showen när han jagade Olivia. "Ditt odjur? Pratar du om ditt odjur?"

"Ja." Ordet var inte riktigt ett ord. Mer som ett mumlande av ljud som jag knappt kunde förstå.

"Kommer han göra mig illa om du låter han komma fram?"

"Han tar vad du erbjuder, kvinna."

"Så, odjuret gillar sex. Kommer han göra mig illa dock?"

Jag hade ingen aning om vad jag skulle göra i den här situationen. Utomjordingssex var inte som snabbis-undertäcket-sex som med en mänsklig man. Braun hade ett odjur inom sig, och odjuret ville komma ut. Det ville ha mig.

Det fick Braun att fokusera, hans kropp snärtade till i uppmärksamhet. "Aldrig."

Passionen i det uttalandet fick min fitta att få spasmer över vad jag ville ha. Jävla skit. Jag släppte min blus till golvet. Om denna sexiga odjursman ville ha mig—mig—istället för paraden av perfekta kvinnor som förföljde honom precis utanför hans rum, vem var jag att förneka honom eller mig själv?

Casey skulle väl vara stolt?

Tanken fick mig att le, och jag satte mina händer på mina höfter, min starkt rosa, spets-BH var som en neonskylt som visade vägen för den här mannen—utomjordingen—dit jag ville ha uppmärksamhet. Man. Utomjording. Odjur.

Jaja. Jag ville ha honom.

"Låt han komma fram då."

4

Fyra ord och denna kvinna hade gjort mig fördärvad.

Odjuret inom mig tog över, och jag hade ingen chans att kontrollera honom. I åratal hade jag hållit honom i kontroll, kämpat mot parningsfebern med kall logik, tålamod och ren vilja.

Nu, på grund av vad hon sagt, var han hennes. Han skulle lyda henne. Hon var min.

"Min." Jag stod och såg hur Angelas mörka ögon vidöppnades när jag gick mot henne, mitt odjur bröt sig loss, min kropp ändrades med varje steg.

Med mitt sista uns av styrka stannade jag framför henne, drog in hennes doft i mina lungor, min kuk så hård att jag var rädd att den kanske skulle sprängas. Men plågan var en välkommen en. Hon var här. Min partner.

Mitt odjur hade valt, och hon var överväldigande.

Hennes hår var nästan svart, inte färglöst som den djupa

rymden men den rika djupheten av mänskligt kaffe. Jag lyfte en hand till hennes axel och strök henne från nyckelben till armbåge, njöt av hennes mjuka hud. Hennes ansikte hade varit ännu mjukare, och ett lågt morrande av njutning kom från mitt odjurs hals medan jag klappade denna kvinna som stod framför mig, orädd.

Hennes mod fick mig att vilja ha henne ännu mer. Denna kvinna—Angela—var min. Jag skulle döda för att skydda henne. Göra allt i min makt för att se henne glad. Se henne tillfredsställd. Mitt odjur hade valt, och än så länge var mannen inombords i full överenskommelse.

Jag hade också fortfarande kontroll, lite grann i alla fall.

Jag tog mig framåt, och satte mig på knä precis framför henne, bestämd att njuta av hennes bröst. Den starkt rosa underklädessaken hon hade på sig var lockande—och i min väg.

"Av."

Hon flyttade sina händer till bakom sin rygg, vilket fick hennes bröst att stå ut. Jag begravde min näsa mellan dem, ivrig att smaka på hennes hud, drunkna i hennes doft. Jag var inte besviken. Doften av något sött—kanske jordliga blommor—och kryddor och kvinna fyllde mitt huvud, och jag var tvungen att morra åt odjuret för att hålla honom i schack.

Jag ville det här också, och den massiva skitstöveln skulle behöva vänta tills det var hans tur. Hennes hud var det mjukaste jag någonsin känt, hennes kurvor var fylliga i mina händer.

Det rosa tyget föll av, och jag njöt av hennes bröstvårtor, drog i den ena, och sen den andra i min mun medan hon grävde in sina händer i mitt hår. Hon drog i det och odjuret kämpade mot mig hårt.

"Rör dig inte kvinna. Jag kommer att tappa kontrollen."

Doften av hennes fitta som översvämmades av ett våt välkomnande fick mig att morra högre, ljudet var nästan ett vrål. Och igen, en till våg av mysk och hetta och kvinna från sitt center. Het, våt fitta som gjorde odjuret galet.

Om jag hade trott att hotet skulle skrämma henne, hade jag gjort ett misstag. Hon skrattade. Faktiskt skrattade.

"Jag är inte rädd," sa hon när hon drog i mitt hår. "Men det är bäst att du håller dig tyst, annars kommer alla på hotellet veta vad vi gör härinne."

"Ja." Jag ville att de skulle veta att denna kvinna var min. Min partner. Min kvinna. Min.

"Ja, vad? Vill du att alla ska veta vad vi håller på med?"

"Ja."

Hon skrattade igen och drog mitt ansikte från hennes bröst. Hon lutade sig framåt, hennes läppar rörde mina medan hon pratade. "Jaha, men jag gillar att hålla vissa saker privat. Så försök att inte vara så galet högljudd, okej?"

Odjuret valde att svara med en låg, brummande morrning, vilket fick henne att le när hon pressade sina läppar mot mina. Hon kysste mig, och jag var så chockad att denna kvinna var min, att jag hade hittat henne, att jag knappt kunde röra mig medan min verklighet ändrades.

Jag lyfte mina händer till hennes ben för att lära mig kurvan av hennes höfter. Jag drog ner hennes byxor tills jag kom i kontakt med en liten bit av tyg som hindrade mig från att nå hennes mittpunkt. Oacceptabelt.

Med ett ryck var det irriterande plagget borta och under mina handflator var de mjuka, fylliga kurvorna av hennes röv.

Jag frossade i henne nu, hennes mun var min. Jag gled mina fingrar till hennes center, jag tryckte in dem en liten bit i hennes fitta och kände hur varm hon var. Våt. Redo.

Odjuret skulle inte avvisas.

Jag drog mig bort från hennes kyss, jag ställde mig upp och sträckte mig efter en stol med vadderade armstöd och satte den på sängen så att jag kunde få vad jag ville ha. Hennes fitta. Het. Våt. En festmåltid.

Hotellet var gjort för människor, inte Atlanska odjur. Jag var tvungen att göra modifieringar för att få vad jag ville ha... hennes fitta mot min mun. Nu.

Hon flämtade när jag lyfte henne, hennes händer flög till mina axlar när jag placerade henne på sin rygg i stolen, och jag gjorde mig av med resten av hennes kläder så hon var helt naken. Med stolen på sängen var hon i rätt höjd för mig. Mitt odjur var helt i kontroll nu, vilket betydde att jag inte kunde säga så mycket.

Jag sträckte mig efter hennes ben, öppnade dem brett, hennes fitta var öppen och väntandes framför oss.

"Stilla."

Befallningen—och det var en befallning—fick Angela att le. Jag slappnade av lite, och lät mitt odjur få vad han ville ha. Fan, vad vi båda ville ha. Vår mun mot henne. Smaka. Få henne att skrika.

Han var inte försiktig med henne, och det var svårt att kämpa mot honom när hennes första stön av njutning nådde mina öron. Mer våt hetta. Hon kastade sitt huvud bakåt och höll sina knän brett på stolen. Med ett finger i hennes fitta sög och slickade jag, och lekte med hennes känsliga kött tills jag hittade punkten som gjorde henne vild.

Det gjorde mig galen. Det gjorde mig lycklig. Det fick mig att tänka... *äntligen.*

Hennes små grin, dock, var reserverade, som om hon sparade sin njutning för mig och bara mig. Jag upptäckte att fastän jag älskade det, ville odjuret ha mer. Han ville att hon skulle tappa kontrollen. Skrika. Få spasmer över hela

Skapad för Odjuret

hans fingrar medan han sög hennes våta kött in i hans mun.

Jag lyfte min fria hand för att dra i hennes bröstvårta, jag klämde på och masserade hennes bröst medan jag fingerknullade henne med min andra hand. Jag skulle inte nekas.

Hon andades hårt nu, hennes händer viftade runt överallt som om hon letade efter något att hålla fast i. Mitt odjur gillade inte det.

"Mig. Dina händer på mig."

Djupet av min röst fick henne att rycka till, men hon löd och grävde in sina händer i mitt hår. Hon drog. Hårt.

Odjuret älskade det. Det gjorde jag också.

Jag morrade in i hennes fitta, jobbade på henne utan nåd tills hon svankade med ryggen och skrek ut. Hon kom över hela min mun och fingrar. Ja, för i helvete. Jag hade tillfredsställt min partner. Jag skulle göra det igen och igen innan jag var färdig med henne. För denna gång.

När hon andades hårt och hennes kropp slappnade av gjorde jag det igen. Possessiv och kaxig i vår framfart. Denna gång när hon kom pulserade hennes fitta över mina fingrar, jag reste mig upp till min fulla längd och öppnade mina byxor, satte min kuk mot hennes öppning och började trycka in mig i hennes kropp. Det våta glidet av hennes pulserande mittpunkt fick mig att stöna, och hennes röv drogs upp från stolen med hennes ben viftandes i luften medan jag stötte mig djupt in.

"Min." Jag stötte framåt, och begravde mig själv i hennes honungslena heta djup.

Hon gnydde till och jag kämpade min väg till ytan, redo att kriga mot odjuret om han skulle vara för grov mot henne. Jag var stor, och hon var så liten. Jag hade sagt att jag aldrig skulle skada henne, och jag tänkte inte göra det nu.

Sen slängde hon sina ben runt mina höfter och justerade sig under mig, tog min kuk djupare.

"Gud. Du är enorm, men ja. Så skönt."

Det var allt jag behövde höra. Odjuret tog över, tryckte sig in och ut ur henne hårt och snabbt. Stolen trillade nästan, så jag sträckte mig efter armstöden och använde sängens fjädrar för att gunga Angelas kropp framåt och bakåt, på och av min kuk.

Jag knullade henne. Gjorde anspråk på henne. Begravde min kuk och min själ i hennes kropp. Hon var min, kvinnan jag hade gett upp hoppet om att hitta. Hennes bröst gungade fram och tillbaka, de mörka bröstvårtorna gjorde mig hungrig efter mer. Jag skulle knulla henne. Fylla henne med min säd. Och sen skulle jag kyssa varenda centimeter av hennes mjuka, bruna hud. Jag ska lära mig vartenda ställe hon gillade att bli rörd, kysst, avgudad. Och sen ska jag knulla henne igen.

Och igen.

Och igen.

Tills plågan jag bar med mig, parningsfebern och smärtan av dess eld som brann igenom kött och ben och sinne var glömd. Ett minne som tämjdes av kvinnan ridandes min kuk.

Hennes huvud rördes från sida till sida, och jag visste att hon var nära ännu en frisläppning. Jag ville känna hennes fitta få spasmer och klämma min kuk. Jag ville veta att jag var djupt inne när hon skrek av njutning.

Jag stötte in och stannade, tog en hand från stolen för att hitta hennes känsliga klitta.

Jag strök och gnuggade, jag upptäckte snabbt precis vad hon gillade, hennes entusiastiska grin ökade som ett vilt djurs kall efter sin partner.

Mitt odjur svarade, var redo. Hennes kropp pulserade,

Skapad för Odjuret

ryckte, hennes fitta vibrerade runt min kuk, mjölkade mig på min säd medan jag kom i henne med ett eget vrål.

Jag kunde inte röra mig när det var över. Ville inte röra mig. Det ville inte odjuret heller. Jag stod böjd över stolen, med hennes kropp under mig och hennes fitta runt min kuk i flera minuter. Tills jag återfick kontrollen. Tills hotet av tårar av tillfredsställning, lösning, och avslutning var borta.

Hon var min. Gud hjälp mig, jag hade nästan gett upp hoppet.

Hon var min och hon var vacker. Passionerad. Perfekt.

5

ngela

VERKLIGHETEN KOM KRASCHANDE TILLBAKA. Jag hade haft sex —episkt sex—med en gäst. Inte bara med vilken gäst som helst, men en utomjording. En utomjording så känd att folk visste vem han var över hela jordklotet som huvudpersonen i det senaste *Bachelor: Odjuret*. Gud, va bra det hade varit. Nej, fantastiskt. Otroligt. Inte bara den första gången när han hade satt mig högt uppe på en stol på sängen, men när han hade lyft mig, slängt bort stolen, och tog mig en gång till. Sen en tredje gång. Alla killar jag kände behövde tid för att återhämta sig. Det var som om Braun kunde fortsätta hela dagen.

Min fitta var nu bortskämd av en utomjordingsälskare, och jag hade ingen aning om vad jag skulle göra i resten av mitt liv. Jag var öm eftersom han var stor. Jag var mättad eftersom han var skicklig.

Jag sneglade på Braun, som låg utspridd över sängen i en

vinkel, det var det enda sättet hans stora kropp inte skulle hänga över kanten. Lakanen och filtarna var på golvet, kuddar hade kastats i olika riktningar. Det var uppenbart vad som hade hänt härinne.

Det hade inte varit att jag hade städat sviten.

Vilket inte skulle hända. Jag sneglade på sängklockan och såg att jag nästan varit härinne i nittio minuter, vilket var resonabelt om sviten hade varit jätterörig. Den hade inte varit det innan jag kom, men nu var det en lampa på golvet, och lampskärmen var sned. Sängen lutade till och med vilket betydde att Braun hade tagit sönder fjädrarna i den med en av hans hårda stötar. Jag hade njutit för mycket för att ens märka något.

Jag kunde inte hålla mig från att flina.

Jag hade haft sex så hett att vi förstört ett hotellrum. Jag var inte den typen av tjej.

Eller nu, var jag ju det. Jag kunde definitivt leva med det. Leva med minnet av vad vi precis hade gjort. Jag skulle inte tänka på hur Braun skulle ha sängkarms-bankande sex med kvinnan han till slut skulle välja och sätta sina parningsarmband på, jag vägrade att förstöra efterorgasmkänslan jag kände nu med olyckliga tankar.

Jag gled av sängen och gick för att leta efter min uniform.

"Vart ska du?" frågade Braun. Han rörde sig inte, men hans blick följde mig runt i rummet.

"Jag måste jobba."

"Hur mycket jobb gör du varje dag?"

Jag hittade mina trosor och insåg att de hade rivits isär. Jag sneglade på honom, inte arg alls. "Jag jobbar heltid, vilket är åtta timmar per dag, fem dagar i veckan. Men jag gör så mycket övertid jag kan om jag kan få det att gå ihop med skolan."

"Du jobbar för hårt."

Jag ryckte på axlarna och satte på mig min BH. "Räkningar betalar inte sig själva."

"Har du fler rum att städa idag?"

Jag tog min kjol och satte mig på kanten av sängen för att dra på mig den. Eftersom mina trosor var förstörda, var mitt enda val att gå kommando. "Nej. Men jag kan inte stanna här längre. Min städvagn är ute i korridoren, och folk kommer att prata."

"Jag bryr mig inte vad andra tycker."

Jag slängde runt mitt huvud, mitt långa hår slog mig i ansiktet, och jag strök det bakom mitt öra. "Det gör jag. Jag bröt mot reglerna när jag gjorde detta med dig. Jag kan få sparken."

"Få sparken?" Han satte sig upp i sängen som om han var redo att dräpa några drakar åt mig. "Det kommer inte att hända."

Jag kunde inte låta bli att skratta åt hans passion. "Det är inte som om min chef skulle tro att du skulle vilja ligga med mig ändå."

Hans ögon smalnade med en snabbhet som överraskade mig. Han sträckte sig ut, drog mig till sitt knä och smällde till min klädtäckta rumpa. Jag slängde bak min hand. "Hallå! Vad var det för?"

"Jag vill inte att du pratar om dig själv på ett sådant sätt."

Han släppte mig, och jag reste mig från sängen för att hämta min uniformsblus. Min rumpa brände lite, men jag var också väldigt upphetsad. Jag hade aldrig fått smisk innan, men... wow.

"Okej. Jag måste lämna tillbaka min städvagn och stämpla ut. Jag menar, avsluta min arbetsdag."

"Perfekt. Jag kommer med dig."

Jag vände mig om och stirrade på honom. "Va?"

"Jag har inget att göra," erkände han. "Chet Bosworth har något som kallas ögoninflammation, så produktionen är framflyttad."

Jag bet mig i läppen för att inte börja skratta. "Seriöst?"

"Vad är det för sjukdom?"

"Vill du verkligen veta?"

Han nickade.

"Ja alltså, det är när du får bakterier i ditt öga som gör det rosa och irriterat. Det är orsakat av... ja, att inte tvätta sina händer eller att röra någon som inte tvättat sina händer efter att ha gått på toaletten, och sen gnuggat sitt öga."

Han stirrade på mig som om han försökte att förstå; sen gjorde han en grimas.

Jag kunde inte låta bli att skratta igen.

"Det kan lätt botas med en ReGen-stav."

Jag rynkade på ögonen. "Vad är det?"

"En apparat som läker kroppsliga skador."

Gud, det måste vara trevligt. "Ja, alltså, det finns värre saker än ögoninflammation som en magisk stav kan läka."

"Jorden är för primitiv för sådan teknologi. När det kommer till Chet Bosworths... självförvållande, kommer jag inte att skaka någons hand på den här planeten," lovade han. "På grund av hans orenlighet har jag ledig tid. Flera dagar av det, eftersom jag redan har intervjuats flera gånger och nu skulle de göra det samma med de kvinnliga deltagarna. Angela Kaur av jorden, jag vill fortsätta spendera tid med dig."

Upprymdhet fyllde mig av möjligheten att han ville vara med mig. "Det kan inte hända här i ditt rum... eller på hotellet, och jag antar att du inte kan lämna byggnaden."

Han var tyst för ett ögonblick. "Du kommer att få problem om du stannar, korrekt?"

Jag nickade. Jag kunde inte bli sedd att komma och gå

till Brauns svit med honom, varken under arbetstid eller efter.

"Jag kommer att få problem om jag lämnar hotellet, som du sa," upprepade han. "Då finns det bara ett alternativ. Jag kommer att, som ni människor kallar det, smyga ut."

Jag skrattade igen. "Du? Smyga ut?"

Det skulle vara enklare för en elefant att gå genom lobbyn obemärkt än en jättesnygg, 210 cm lång utomjording.

Han steg upp från sängen och kom över till mig. Fantastiskt viril och naken. Jag kunde inte låt bli att stirra. "Vill du spendera resten av dagen med mig?"

En bubbla av lycka fyllde mitt bröst, och jag lyfte på hakan för att le mot honom. "Ja."

"Då måste vi komma på ett sätt för mig att smyga ut."

Jag kände mig som en tonåring som försökte få in en kille genom sovrumsfönstret utan att de vuxna skulle få reda på det. Fast på andra hållet.

"Åh! Jag har en idé." Den var inte super, men den kunde fungera. "Kan du ge mig några minuter?"

"Ja."

Jag vände mig om och lämnade sovrummet.

"Vänta! Vart ska du?" Han rusade efter mig och ställde sig framför dörren innan jag kunde öppna den. "Mitt odjur är inte glad över idén att du ska lämna oss."

"Berätta för ditt odjur att jag måste byta städvagn, så jag måste åka ner till källaren."

Ett dånande kom från hans bröst. Hans händer var ihop tryckta till knytnävar ovanpå hans lår, och de skakade. "Du kommer tillbaka?"

Instinkten fick mig att placera mina händer på hans handleder, och av någon anledning lugnade det honom. Jag hade ingen aning om varför han var så orolig över att jag inte skulle komma tillbaka. Det fick mig att inse att han inte

Skapad för Odjuret

bara var stark och sexig och dominant, men han var sårbar också. Faktumet att jag hade haft en sådan stark effekt på någon så stor smälte mitt hjärta lite. Nej, mycket. Mitt hjärta smälte till en pöl, och jag kände att jag ville ta hand om honom.

Jag. Vilket var absurt, för han var bara muskler och toppen av mitt huvud räckte knappt upp till hans bröst, men på något sätt hade jag makt över denna man—utomjording —makten att göra honom lycklig. I alla fall för idag.

"Ja. Jag ger dig mitt ord. Jag kommer tillbaka." Innan jag lämnade sviten tittade jag över mig själv och såg till att det inte verkade som om en utomjording hade härjat över mig. Jag tog ett djupt andetag och tvingade bort leendet jag inte kunnat hindra mina läppar att göra. När jag insåg att jag inte kunde lämna tomhänt efter att jag egentligen skulle jobbat en timme, gick jag över till en av soptunnorna, tog plastpåsen och bar med mig den ut i korridoren.

Dörren stängdes bakom mig, och jag slängde soporna i vagnen. En snabb blick ner i korridoren visade att den var tom. Mina händer skakade, som om jag precis hade rånat en bank och inte knullat en utomjording. Jag ledde vagnen till servicehissen och försökte mitt bästa för att se helt oskyldig och seriös ut samtidigt. Jag åkte ner i källaren utan problem, stämplade ut och letade upp en tom tvättvagn.

De nedre våningarna av hotellet var fyllda av människor alla tider på dygnet. Anställda var överallt eftersom de två källarvåningarna hade allt från städare till matservice. När jag tog en hög rena filtar från en hylla och la dem i vagnen, ingen märkte vad jag gjorde.

Tillbaka uppe på VIP-våningen knackade jag på Brauns dörr igen, och ropade "Housekeeping!" eftersom det var vad jag skulle göra. En kvinna som väntade på hissen kollade åt mitt håll, men hissen kom och hon var borta innan Braun öppnade dörren. Han hade klätt på sig när jag var borta.

Jag ledde in vagnen, och dörren stängdes bakom mig. Innan jag hade en chans att blinka tryckte Braun upp mig mjukt mot dörren och kysste mig. *Kysste* var en för enkel beskrivning på vad han gjorde. Mer som frossade i mig. Jag hade varit borta i kanske tio minuter, men han var praktiskt taget utsvulten av mig. Ett morrande kom från hans bröst och jag kände det i mitt.

När jag kunde dra mig bort, stirrade jag upp på honom. "Det har bara gått några minuter."

Han höll mig pressad mot honom, en hand på den nedre delen av min rygg, och den andra lyfte han upp för att kupa min rumpa. "Nej, det har gått en livstid."

Hans värme omringade mig. Hans handflata var ett ankare som fick mig att känna ungefär ett dussin olika saker samtidigt. Säker. Åtrådd. Vacker. Förföljd. Skyddad. Hela min kropp ville smälta in i honom och trösten och värmen han gav. Och sen ville jag bli naken igen, för hans doft lockade mig som inget annat jag någonsin haft.

Jag höll på att tappa det. Det måste vara det. Min hjärna. Mitt sunda omdöme. Min vilja. Min självdisciplin. Han förstörde mig, och jag njöt av det.

"Jag har så många problem här." Jag kunde inte ta min blick från hans, inte ens för ett ögonblick.

"Inget kommer att göra dig illa, Angela. Någonsin igen." Braun sänkte sitt huvud, och denna gång när han kysste mig, dödade han mig med ömhet. Om jag var ett söndrigt porslin, var han limmet som höll mig samman och berättade för mig att jag fortfarande var värdig och vacker och perfekt.

Jag började gråta, utan någon riktig anledning. Ingen

alls. Jag hade bara aldrig omfamnats på det sättet. Blivit kysst på det sättet.

Fan också.

Jag tog ett steg bakåt och vände mig diskret för att torka mina kinder. "Vi borde gå nu. Du måste ringa ner till receptionen och berätta för dem att du inte vill bli störd överhuvudtaget."

"Varför?"

"Lita på mig. Du är en VIP-gäst. Om du säger till dem att du inte vill bli störd, kan inte ens Chet med sin ögoninflammation komma upp till ditt rum utan poliseskort."

"Okej." Han stirrade på mig, hans ögonbryn rynkades som om jag hade förvirrat honom. Men han gick iväg för att ringa samtalet. När han satte tillbaka telefonen i hållaren skakade han på huvudet. "Mänskliga kommunikationssystem är primitiva."

"De fungerar. Och det var perfekt. Kom igen nu."

"Är det såhär jag ska smyga ut?" frågade han och slängde mot huvudet mot vagnen.

"Du får böja dig ner."

Jag sträckte mig in och tog filtarna, väntade på att han skulle kliva in i vagnen. Han gjorde det och han var tvungen att böja sig så att hans huvud inte slog i taket.

Han gav mig en het blick, och satte sig ner på huk.

Jag skrattade för att han var så stor att han inte ens var under kanttoppen av vagnen.

Han sneglade på mig igen och kisade med ögonen, sen manövrerade han sig själv på något sätt—med ett grymtande av ansträngning—så att han låg på sidan, i hopböjd som en tajt boll. Jag lutade mig över och tittade ner på honom och undrade över hur stor han hade varit som bebis. Förmodligen enorm.

"Jag kommer att lägga dessa filtar över dig," sa jag, och la dem försiktigt över honom så att han var täckt. "Jag kommer att gå så snabbt jag kan, men vi måste åka ner till källaren och in i parkeringsgaraget. Kika inte ut."

Han grymtade en gång till men sa inget.

Jag öppnade dörren, såg ner i korridoren. Jag tog *Stör Ej* skylten, satte den på hans dörr för att vara säker—receptionen skulle rödmarkera hans rum så att ingen störde honom, men jag kunde inte garantera att deltagarna skulle uppföra sig. Med det gjort, drog jag tvättvagnen mot servicehissen fastän det var två kvinnor i den andra änden av korridoren. Detta var den enda gången jag var tacksam över att vara osynlig, för även om de sneglade åt mitt håll, gav de mig ingen uppmärksamhet.

Jag fortsatte att jobba...på att smyga ut en utomjordingskrigsherre från hotellet.

MIN LÄGENHETSBYGGNAD HADE TRE VÅNINGAR, och var byggd av tegelstenar för länge sedan när saker byggdes för att kunna stå emot en bomb. Det betydde att den var ful, men jag behövde inte höra min grannes TV heller. Jag bodde på den översta våningen, och min lilla balkong var riktad mot parkeringsplatsen på baksidan.

"Det här är mitt ställe," sa jag när vi gick in och jag höll upp dörren för honom.

Han duckade ner sitt huvud och gick in i mitt lilla vardagsrum. Jag hade inte mycket pengar efter att jag hjälpt till att betala för farfars mediciner. En del gick till mina collegelektioner, men ibland hade jag inte tillräckligt för att gå mer än en kurs på en termin. Allt som var över täckte hyra och mat. Det fanns ingen tid för nöje mellan att jobba

Skapad för Odjuret

heltid på hotellet och gå i skolan, vilket var bra eftersom det inte fanns några pengar över för det ändå.

Någon dag snart skulle jag ha det bättre. Det fanns många sjuksköterskejobb, så jag var ivrig för den större lönen... och att jobba inom ett område jag tyckte var tillfredsställande.

Han sneglade runt, och jag funderade över hur han såg mitt ställe. Vardagsrummet hade farfars gamla soffa, den han hade lämnat till mig när han flyttat till en mindre lägenhet i ett område för de äldre, där de tog hand om hans trädgård och hade sociala aktiviteter i områdets samlingshus. Jag hade kastat en filt över den för att dölja de fransiga och slitna kuddarna, men den var bekväm som in i helvete. Jag använde soffbordet som min matplats och hade satt ett skrivbord där ett matbord vanligen skulle stå. Jag hade min gamla dator på det och mina böcker och anteckningsblock. Köket var inte stort nog för mig att stå i med Braun, och min säng var en enkelsäng så det var bäst om han inte ville ta en tupplur. Mitt badrum hade ett avokadogrönt badkar, toalett, och handfat, så jag hade inga tvivel på att det skulle påminna Braun om att människor inte var så avancerade.

"Det är litet, som du," sa han, men var sen distraherad när Oscar vävde sig mellan hans ben.

Min katt var en liten fluffig vit Perser med gröna ögon och dålig attityd. Han hade varit så gulligt vild som kattunge när jag hade tagit med honom hem att jag hade döpt honom till Oscar. Som i *The Grouch*.

Namnet höll sig fast—och oj vad det passade. Katten hatade mitt ex, Kevin. Fast Oscar kanske hade vetat något jag inte visste och jag borde riktat mer uppmärksamhet till hans attityd mot förloraren. Oscar tolererade grannen, men bara för att hon kastade godisar till honom på balkongen varje morgon.

"Vad är detta för varelse?" Han höll upp sina händer framför sig som om han var rädd.

Jag gick över till honom, plockade upp Oscar, och höll honom i mina armar. När jag strök hans pälsfyllda huvud spann han. Jag sneglade upp på Braun. "Han låter som du."

"Jag mullrar inte sådär," svarade han som om det förolämpade honom.

Jag tryckte Oscar mot honom. "Här."

Han hade inget val utom att ta emot djuret, och jag tog ett steg tillbaka, ville se hur han hanterade en söt liten katt.

Braun klappade Oscar precis så som jag hade gjort och katten slöt sina ögon med glädje. Ett högre spinnande kom från honom. Braun log. "Det här är ett husdjur?"

"Ja. En katt. De finns i alla olika färger. Eller ja, vissa färger. Det finns inga blåa eller röda katter eller så." Jag la till allt det utifall att jag hade gett honom intrycket att det fanns katter i alla regnbågens färger.

Han gick över till min soffa och satte sig, den gamla ramen knakade till i protest, och fortsatte att klappa katten. Gud, han såg... söt ut med det lilla odjuret i sina armar. Jag vågade inte säga det till honom.

Jag stirrade, lite hänförd av det gigantiska odjuret och min fluffiga vita katt. Varje gång jag tänkte något om honom, så ändrade han min uppfattning. Han var possessiv och bossig och samtidigt försiktig och snäll.

Han tittade upp på mig. "Sluta titta på mig på det sättet."

Jag blinkade, och rynkade sen på ögonbrynen. "Vilket sätt?"

Han pekade och gjorde cirklar med sitt finger. "På det sättet. Som om du vill slicka mig eller hoppa på mig eller..."

Skapad för Odjuret

Flinet var omöjligt att hålla tillbaka. "Jag är svartsjuk på min katt."

Ett ljust ögonbryn höjdes. Han sneglade på katten som låg nöjd i hans armar, sen tillbaka på mig. "Varför är du svartsjuk på ett husdjur?"

"För att jag vill också bli klappad."

Hans ögon smalnade och blicken värmdes. Han lutade sig framåt, satte katten på golvet, sen lutade han sig tillbaka igen. Böjde sitt finger och kallade åt mig att jag skulle komma närmre.

Jag kortade avståndet mellan oss, rörde mig till att stå mellan hans delade ben. Eftersom han var så lång, var vi ungefär i ögonhöjd.

"Du spinner faktiskt när jag klappar dig på rätt sätt," viskade han och satte sina händer på mina höfter. "Skriker också."

Mina kinder blev varma av den uppenbara påminnelsen av hur vild jag hade varit med honom. Helvete, han hade satt en jäkla stol på sängen så att han kunde knulla mig på rätt sätt. Jag var inte den enda som hade varit lite vild.

"Är du öm?" frågade han och hans ljusa ögon mötte mina.

Jag *var* det lite. Hans kuk var imponerande och det hade varit ett tag sen. Jag var öm, men ändå... spelade det ingen roll. Jag ville ha honom igen. "Inte tillräckligt för att hålla mig ifrån att ha dig igen."

"Du, ha mig?" Jag såg skratt i hans ögon, som om han tyckte att jag var rolig. Ja, mitt uttalande var lite konstigt. Jag, lilla jag, sa till en Atlan att jag ska *ha honom igen*.

Jag kände mig modig dock. Jag visste att han ville ha mig. Han var i min lägenhet, inte på hotellet. Det fanns ingen att oroa sig om. Inget jobb att bli av med här.

Han dömde inte mig. Han tittade inte på mina lår och

undrade varför de gnuggade mot varandra. Han kommenterade inte storleken av min rumpa eller mina mer-än-en-handfull-stora bröst. Han hade sett *hela* mig och hade varit... vördnadsfull. Fullständigt olikt män från jorden. Så annorlunda från Kevin.

Sluta nu. Nej. Jag ska inte tänka på Kevin när jag hade en ivrig utomjording redo på min soffa.

För den andra gången på bara några timmar drog jag av mig min blus och BH. Braun tittade, stirrade. Praktiskt taget dreglade. Han kupade mina bröst, och mina ögon stängdes med mitt huvud bakåtlutat.

"De fyller mina händer."

Hmm, det gjorde de. Kanske de var så stora för att de var menade för Braun. Jag hade ingen aning om hur länge han jobbade med dem, kupade, knådade, drog i bröstvårtorna. Det var när han slutade som jag stönade och sneglade på honom.

"Ta ut odjuret ur dina byxor, du stora man." Hans ögon vidöppnades när jag drog ner mina byxor och sparkade av mig mina skor."Nu."

Han gjorde som jag sa, lyfte sina höfter precis tillräckligt för att få ner sina byxor och få ut sin kuk.

Jag hade aldrig varit så framåt tidigare, så ivrig till att bli knullad. Och även om det var en Atlan på min soffa, var jag den aggressiva här. Eller, mer realistiskt, han *lät* mig vara den som bestämde, för att han kunde skada mig. Lätt. Utan att ens försöka.

Jag satte min hand på hans arm för balans och klättrade upp i hans knä, och placerade mina knän på varsin sida av hans höfter. Han var nästan för stor för att detta skulle fungera, men jag höll mig uppe på mina knän och kysste honom. Hans kuk tryckte mot min mage, hård och lång och grov mellan oss.

Skapad för Odjuret

Hans händer gled ner för min rygg och kupade min röv. Han lutade sig bakåt och kysste längs min käke. "Är du våt? Jag vill inte skada dig hur ivrig du än är."

Gud, han var bra på att kyssas. Han var så varm, som ett stort element. Mina bröstvårtor var hårda, min fitta suktade efter honom. Jag bröt kyssen, sneglade ner mellan oss. Jag kunde inte lyfta mig högre för att få hans kuk i höjd med min fitta. Mina ben var helt enkelt för korta.

"Lyft upp mig. Jag är redo. Jag är våt," sa jag, frustrerad.

Han flinade och drog med sitt finger upp och ner över min öppning. Han morrade och jag antog att det var hans odjur, tillfredsställt.

"Fan, partner. Du är drypande våt för mig."

"Jag är drypande våt *på grund av* dig. Från tidigare. Håll käften nu och knulla mig."

Jag var så upphetsad, så galen av behovet av honom, att jag praktiskt taget klöste i hans armar.

"Din önskan är min lag." Braun lyfte mig i midjan så att jag svävade över honom, och sänkte sen ned mig, öppnade upp mig runt hans kuk medan han fyllde mig.

"Åh Gud," stönade jag, skruvade på mig för att kunna ta in hela honom. Denna position var annorlunda, och han kom så djupt in.

Han morrade igen, känslan av det vibrerade i hans bröst.

"Min," sa han.

"Ja. Ja!"

Jag vickade på mina höfter, försökte att lyfta mig själv, men jag lyckades bara att dra mig upp någon centimeter. Hans lår var bara för stora. Jag var för liten. Det här skulle inte fungera. Jag kunde inte ens rida honom. Istället var jag spetsad på honom och kunde inte göra något åt det.

"Braun," stönade jag. "Snälla."

"Så beroende. Girig," sa han, kupade mina höfter igen och lyfte upp mig och sen ner.

"Ja."

Han gjorde det igen.

"Åh."

Och igen.

"Åh Gud."

"Du är gjord för mig, Angela Kaur." Han lyfte och sänkte mig i en jämn takt. Långsamt upp, och lät mig sen falla hårt så han kom djupt in. Han lyfte sina höfter och stötte, fyllde mig helt. Jag var inte säker på att det han sa var sant. Jag var för liten och vi var tvungna att få det att fungera. Stolen på sängen. Jag kunde inte rida honom som jag ville, men Gud, detta kändes så bra.

"Jag vill inte ha någon annan. Du är min. Min partner."

Han fortsatte prata medan vi knullade, men jag lyssnade inte. Jag var helt borta i min njutning, vad han gav mig, vad jag tog. Jag kunde inte hantera mer njutning. Det var nästan för mycket. Jag var nära på att komma, och komma så hårt att jag var tacksam över min bunkerliknande lägenhet. Ingen skulle tro att jag höll på att mördas när jag skrek.

Jag sträckte min hand mellan oss och smekte min klitta. Braun saktade ner för att se på, för att se vad jag gjorde.

"Ja, partner," godkände han, och lyfte mig snabbare och sänkte mig ner mer beslutsamhet, som om för att bevisa att han kunde få mig att komma.

"Braun," flämtade jag. "Snälla." Jag var så nära, men han var nästan för mycket. Min hjärna började vakna till och jag föreställde mig hur jag måste se ut studsandes i hans knä som en nymfoman, bönandes om mer.

Han grymtade, sen jobbade på, som om det var hans syfte i livet att ge mig en orgasm. Mer än en.

Det fungerade. Han ökade takten, hans vibrerande

Skapad för Odjuret

morrande fick min fitta att fladdra och gav mig gåshud. Min hjärna stängde ner helt, och jag kände mig galen. Som om jag skulle explodera till småbitar utan hans hetta och kuk och händer som förankrade mig i verkligheten.

Vilken man gjorde någonsin det? Inte bara första gången när jag skrek ut hans namn och kom över hela hans kuk, men också den andra gången när jag gnydde mig genom den rullande njutningen, och den tredje gången när han stötte hårt och kom i ett vrål och drev mig till orgasm igen, och sen kollapsa i en benlös hög mot hans enorma bröst.

Jag lugnades av hans hjärtslag, och hur hans hand gled upp och ner för min svettiga rygg.

Jag kanske till och med hade svimmat av ett ögonblick, men jag kom ihåg vad han hade sagt. Han hade kallat mig *partner*.

Hade han menat det? Var jag den han hade sökt efter? Den som skulle bära hans armband?

Jag hade ingen aning, men om testet baserades på sexuell kompatibilitet, skulle jag säga att han faktiskt kanske hade rätt.

Jag hade ingen aning om hur jag skulle kunna vara med någon annan man någonsin igen.

Jag ville ha Braun. Jag ville ha hans kuk. Helvete, jag ville ha hans hjärta för mitt var redan på väg att bli hans.

Jag lutade mig mot honom och protesterade inte när han bar mig till sängen, klädde av mig naken och höll om mig. Hans händer strök över min rygg i vad som kändes som timmar av lycka. Jag somnade till ljudet av min Atlan och min katt, båda spinnandes.

6

raun

Skymningsljus syntes genom det tunna tyget som täckte Angelas sovrumsfönster, och jag såg skuggan av dem krypa längs väggen medan dagsljuset kom. Jag hade inte sovit. Istället höll jag om den lilla kvinnan som låg utspridd över mitt bröst och lugnade mitt odjur genom att röra hennes hud, drog mina händer över hennes kropp med en belåtenhet och frid jag aldrig ens kunnat föreställa mig, hur ofta jag än tänkt på att hitta min partner.

Hon var mjuk och varm, och hennes doft omringade mig.

Angela var min. Odjuret visste att det var sant. Men eftersom jag hade hållit honom tillbaka, oroad över att släppa lös honom utan parningsarmbanden runt mina och Angelas handleder, vandrade han runt inom mig som en vilding även när vi vilade.

Skapad för Odjuret

Otålig. Arg. Och växte starkare med varje passerande ögonblick.

Snart skulle jag inte vara kapabel till att kontrollera honom. Angelas närhet var både en välsignelse och en förbannelse. Odjuret visste att hon var vår, och samtidigt kämpade han hårdare för frihet.

Odjuret behövde göra anspråk på henne, acceptera hennes makt över oss. Hon var nu den enda varelsen i universum som stod mellan mig och totalt vansinne, ett dödande raseriutbrott...och avrättning.

Odjuret inom mig brydde sig inte om att dö. Han var varken rädd för fängelsecellerna på Atlan, eller att slåss och förstöra allt och alla runt honom.

Han ville bara ha en sak.

Henne.

Fast tills jag hade gjort anspråk på henne enligt det traditionella Atlanska sättet, med mina parningsarmband runt hennes handleder, skulle han inte vara tillfredsställd.

Varelsen, Angelas husdjur, satt hopkrupen på det lilla träbordet jämte hennes säng. Hans gröna ögon fokuserade på mig i mörkret som om han var en vildsint jägare och jag, hans byte.

Katten, som hon hade kallat honom, såg redo ut att hoppa på mig, och han spann inte längre. Jag sträckte mig efter honom för att klappa hans mjuka vita fluffiga päls så som jag hade gjort igår kväll.

Oscar, min partners älskade husdjur, lyfte en tass och slog mot mig med sina små klor.

En liten djävul.

Han fräste mot mig i halvmörkret.

Småskrattandes fräste jag tillbaka. "En modig en, jag godkänner det. Du tror att du skyddar vår kvinna." Han var inte kraftfull, men han var vild.

Det långsamma blinkandet av hans gröna ögon fick mig att undra om den lilla pälsbollen faktiskt förstod vad jag sa till honom—eller om han funderade på att attackera. Båda tankarna fick mig att le.

"Vad händer?" Fast vid min sida lyfte Angela sitt huvud för att stirra på sitt husdjur. "Oscar, sluta."

Jag strök mina fingrar genom hennes hår, njöt av texturen av de mjuka lockarna. "Ditt husdjur försöker att skydda dig från ett odjur."

Hon satte sin haka på mitt bröst och flinade, sen böjde hon sitt huvud för att placera en kyss på det stället. Jag trodde att mitt hjärta kanske skulle explodera medan odjuret vrålade inom mig för att bryta sig fri. Till och med en sådan liten gest kunde knuffa mig över kanten. Jag tog ett djupt andetag, försökte lugna ner mig.

"Han är en sådan plåga." Hon sträckte sin arm över mig och rörde djuret, strök över hans ansikte. Vilket, självklart, fluffbollen tillät. Från henne. Inte för att jag klandrade honom. Jag ville att Angela skulle klappa mig också.

Hon *hade* gjort det kvällen innan, och ganska bra, hennes händer runt min kuk tog mig till gränsen av tillfredsställelse, men jag drog bort hennes händer och avslutade djupt i henne, efter att hon hade kommit. Så klart.

Han stirrade på mig som om han var en kung och jag en bonde som inte var värdig nog att se på honom. Sen ställde Oscar sig upp på sina fyra tassar, hoppade från bordet till sängen, och gick över mitt bröst för att stirra ner i mitt ansikte.

Jag blängde på det lilla odjuret. "Vad håller han på med?"

Hon gosade in sig mot min axel och fnissade. "Jag tror att han gillar dig."

"Absolut inte." Jag lyfte min hand för att visa henne

rivsåren Oscar hade gett mig innan hon vaknade. "Han är ett vilt, attackerande husdjur, bestämd att försvara dig."

"Va?" Hon drog min hand närmre sitt ansikte för inspektion. "Nej. Jag ber om ursäkt." Hon tittade på Oscar, hennes ögon smalnade. "Oscar. Dum kisse. Du får inte riva Braun."

Katten vände sig från att stirra på mig till att titta ner på henne.

"Han är förhnärmad." Jag sa det uppenbara. Kattkungen tittade ner på Angela som om hon, också, var en oviktig undersåte.

Ett leende hade spritts över mitt ansikte när den lilla varelsen sänkte sitt huvud och tryckte sin panna mot min. "Va?"

"Oscar. Var snäll till vår gäst."

Oscar gjorde det igen, denna gång med ett konstigt gnyende oljud.

"Nej, det är inte frukosttid ännu."

Där var den där långsamma, avsiktliga, *du-ska-servera-mig* blicken i Oscars gröna ögon. Han sneglade från mig till Angela, gnyendet blev högre och högre.

"Nej."

Irriterad la sig Oscar i en boll på mitt bröst och låg där som om han ägde mig.

Angela skrattade och flyttade sig från mina armar medan jag låg helt stilla, osäker på vad jag skulle göra med den lilla bollen av päls ovanpå mig. "Se, jag sa ju att han gillade dig."

Jag var inte så säker.

Angela rörde sig till badrummet. "Jag ska ta en dusch. Jag är ledig idag—eller, jag är ledig till klockan sex. Det var meningen att jag skulle träffa mina föräldrar. Men vi behöver inte göra det om du inte vill."

Hennes kinder fick en djupt rosa ton medan jag stirrade på henne. Min partner skulle vänja sig vid min uppmärksamhet. Hon var vacker, och jag kommer att avguda henne.

"Nå?"

"Ja?"

"Vad vill du göra?"

Jag var i hennes förfogande. Jag skulle gå vart hon önskade och var överraskad att hon begärde ett svar. Jag tog in varenda centimeter av henne och kom ihåg hur jag hade lärt mig hennes kropp intimt och noggrant. "Hålla dig naken." Mitt svar var hundra procent ärligt, men hon skrattade, ljudet fick mitt bröst att värka på ett nytt och obekvämt sätt.

Kvinnor var farliga.

"Men sluta." Jag hörde hur vattnet började spruta, och hon stack sitt huvud runt den öppna dörren. "Vi kan åka till stranden. Du behöver komma ut. Du kan ha på dig en hatt. Vi maskerar dig som en basketspelare. De är långa."

"Jag är inte lång." När det handlar om Atlaner var jag genomsnittlig.

"Det är du. Och snälla säg ja. Har du varit på stranden förut?" Hon rynkade på ögonbrynen ett ögonblick. "Jag vet inte ens om de har stränder på Atlan. Gud, jag vet inget om var du kommer ifrån."

Jag skulle rätta till det snart, men inte nu. Jag gjorde inte den planeten till mitt hem, men jag ville att hon skulle se den. För att förstå mig. Hon skulle lära sig mest om Kolonin, där vi skulle bo.

"Det finns vatten, såklart, men från det jag sett på bilder av Miami och Florida, kommer det vara påfallande annorlunda. Jag ser fram emot att du visar mig."

Hon log då. "Bra, vi gör det till en heldag, men jag har något klockan sex."

Oscar gjorde det spinnande ljudet igen, så jag höll mig stilla och beundrade min partner. "Vad händer klockan sex?"

"Jag har en lektion från sex till nio."

"Vilken typ av lektion?"

"Jag är på mitt sista år av min sjuksköterskeutbildning. Jag vet vad du tänker, jag är för gammal för att gå i skolan."

Jag tänkte inte så alls.

"Du jobbar många timmar och går i skolan? Din tid är fylld."

"Ja. Det är ganska brutalt, men det är så det måste vara. Det har tagit för alltid eftersom jag var tvungen att hjälpa mina föräldrar och allt det där. Men jag är nästan färdig. Nästa termin ska jag göra min sista omgång av praktiska studier och sen får jag min licens." Hon vände sig om igen, och jag såg hennes perfekt runda röv skaka när hon gick iväg.

Odjuret morrade, och Oscar visste vad som var bäst för honom. Han hoppade av mitt bröst som om jag hade satt eld på hans fluffiga vita svans.

Angelas mjuka röst hördes in till mig i sovrummet, och jag lyssnade i några ögonblick, njöt av ljudet av hennes lycka. Hon borde vara utmattad, och jag borde gett henne mer tid att sova istället för att fylla henne med min kuk och få henne att skrika. Jag skulle se till att hon hade en balans av båda. Jag skulle knulla henne sanslöst mycket, sen låta henne vila.

Jag hade aldrig varit såhär intim med en kvinna tidigare, aldrig vetat om de små ögonblicken av njutning och belåtenhet, den sanna verkligheten av en partner och de privata ögonblicken man spenderar badandes eller sovandes eller att titta på henne när hon skrattar i mina armar. Att tänka på hennes behov och bekymmer. Det var mitt jobb att hjälpa till att bära hennes bördor. Jag var stark nog att göra det.

Jag hade haft älskare när jag var yngre, så som alla krigsherrar i träning hade. Kvinnorna från min värld var ivriga att rida en krigsherres kuk och hoppades på att bli valda. Om mannen överlevde kriget och sin tid i Koalitionens flotta, skulle han få land och ett hem och en mer än tillräcklig förmögenhet för att stödja sig själv och en familj i resten av sitt liv.

Jag hade aldrig återvänt till Atlan. Jag hade tillfångatagits av Kupan, integrerats, och på något sätt överlevt tillräckligt länge för att hamna i Kolonin. Det kanske inte var där jag föddes, men det var mitt hem.

Och nu hade jag hittat henne. Min sanna partner. Kvinnan som var kapabel till att tämja mitt odjur och parningsfebern som härjade i mitt blod.

Jag förstod väldigt lite av vad hon hade sagt om lektioner och praktiska studier, men jag bestämde att jag skulle ta reda på mer senare. Medicinsk träning på Koalitionen var krävande och för de mest intelligenta, vilket betydde att min partner inte bara var hederlig, men också begåvad. Jag skulle lära mig allt om henne. *Allt.*

För tillfället var det enda jag kunde göra att resa mig från sängen, följa henne in i badandets kammare, och ta henne igen. Min kuk blev hård direkt av idén, och mitt odjur höll helt med.

Det var en konstig gardin som separerade henne från mig, och jag drog den åt sidan och fann hennes kropp där, full av tvål. Överallt. Hon höll en sprejande manick i sin hand och försökte att skölja av bubblorna från sin mörka hud. Hennes ögon var stängda, och ångan som steg från

Skapad för Odjuret

vattnet lät mig veta att min partner gillade en hög temperatur.

"Tillåt mig." Jag gick in i det lilla utrymmet och tog den sprejande manicken från hennes händer.

"Åh!"

Jag sträckte mig efter tvålen och använde en hand för att skölja av henne och rengjorde min egen kropp med den andra. Mindre än två minuter senare lyfte jag den sprejande manicken tillbaka till sin hållare och vände min partner mot mig.

"Vad håller du på med?" frågade hon, och ögnade mig med samma glimt som jag hade när jag stirrade på henne.

"Du är vacker." Jag lyfte mina händer och kupade hennes bröst. Hon svajade till, satte en hand på kaklet på väggen för att hålla balansen.

Det skulle inte duga. Jag ville inte att hon skulle vara orolig att trilla.

I en snabb rörelse lyfte jag henne och satte hennes rygg mot väggen, med hennes axel och sida under vattnet så att hon inte skulle bli kall. Jag böjde mina knän och lyfte upp henne, högre och högre, och satte hennes lår över mina axlar. Mina armar höll om henne och kupade hennes rygg. Jag stirrade på den vackra fittan som var öppen framför mig. *Precis. Där.*

Hon blev skrämd. "Va? Shit, tappa inte mig."

Den oron fick min uppmärksamhet. "Aldrig. Jag kommer inte låta något skada dig." Jag ville inte att hon skulle ha panik. Min avsikt var det motsatta, att lindra all hennes oro och få henne att komma. På min tunga så att jag kunde känna smaken av henne när vi gick till stranden.

Hennes ögon mjuknade, och hon lyfte sina händer och begravde dem i mitt hår. "Du är galen!" Hon skrattade. "Vad håller du på med?"

"Smakar på dig." Som om det inte hade varit min uppenbara plan.

"Men vi—"

Jag avbröt henne med min tunga som jag pressade mot hennes våta hetta. Hennes händer grävde sig in i mitt hår, vred och ryckte i det för att dra mig närmre, och mitt odjur ylade av förtjusning och kämpade för att bryta sig fri.

Jag höll henne på plats och njöt, gav henne ingen tid att återhämta sig. Ingen barmhärtighet. Så mycket för att låta henne vila. Jag behövde röra vid och känna på henne, tillfredsställa henne. Hon behövde känna njutning, bli omhändertagen.

Hon smakade så sött, av mysk och feminint, men jag kände smaken av mig själv också. Jag hade fyllt henne med tillräckligt av min sperma. Det gjorde mig inget. Istället gjorde det att mina kulor värkte för att tömma sig i henne igen. Mitt odjur var tillfredsställt av att veta att hon var märkt som vår. Vi hade inte än gjort anspråk på henne, men det var en bra andraplats.

När hon ryckte till och hennes fitta blev en uppsjö av spasmer runt min tunga, sänkte jag hennes kropp så våra munnar möttes för en kyss. En kyss som fick min själ att glöda, och sen sänkte jag ner henne till hennes fitta smälte ihop med toppen av min kuk.

"Braun." Hon sa mitt namn—mitt—och odjuret krävde att vi skulle knulla henne. Hårt. Upp emot väggen. Starkt ståendes för att skydda vår partner. Fan, som jag önskade att jag hade mina armband. Jag hade kunnat sätta dem på hennes handleder nu och göra henne min.

Men nej, jag var tvungen att hämta dem senare. Jag tänkte inte lämna henne nu. Inte behövande och våt och ivrig. Det hjälpte inte mig till ro. Det gjorde faktiskt att mitt odjur insisterade att vi tog henne hårt. Snabbt.

På grund av detta fanns det ingen ömhet kvar i mig, men Angela verkade inte som om hon behövde ömhet, inte just nu.

Hennes fingrar klämde mina axlar, naglarna grävde in i min hud. "Skynda dig. Jag behöver dig i mig."

Jag är inte en som argumenterar, så jag stötte in och upp min kuk i hennes varma fitta, och ryckte till av njutningen som nästan sänkte ner mig på mina knän. Jag skulle aldrig få nog av henne. Min kuk skulle alltid vara hård. Jag kanske var mycket längre än henne och hennes dubbla vikt, men hon hade all makt. Hon hade ingen aning över vilken kontroll hon hade över mig. Hennes fitta kanske spetsades av min kuk, men mitt liv var i hennes händer.

"Så skönt." Min partners händer strövade över mig, rörde överallt hon kunde nå. Uppmuntrade mig att knulla henne, fylla henne, göra anspråk på henne. "Braun!"

Jag skulle inte neka henne någonting. Inte idag. Inte någonsin.

Jag knullade henne tills hon skrek igen, tills jag inte kunde hålla något tillbaka, och fyllde henne med min säd. När det var över höll jag henne försiktigt och tvättade varenda centimeter av henne, mer som en ursäkt för att upptäcka hennes kurvor än för att någon av oss var smutsig.

När hon var lealös och utmattad och leendes stängde jag av vattnet och omfamnade henne med den mjukaste handduken jag kunde hitta. Sen kysste jag henne. Igen. För jag var tvungen. För jag kunde. För hon var min.

"Nu, partner, stranden. Min enda begäran är att vi ska äta glass."

"Glass?" frågade hon.

"Ja. Utöver det kan du ta mig vart du vill."

7

ngela

DET VAR SVÅRT ATT INTE SKRATTA ÅT BRAUN NÄR HAN TRYCKTE SIG IN I MIN BIL. Även med passagerarsätet så långt bak det gick, var han tvungen att böja sig ner så att hans huvud inte skulle slås i, men då var hans knän praktiskt taget i hans näsa.

"Vi är nästan där," sa jag till honom, när vi körde ner för huvudgatan mot den närmsta stranden.

Han gav bara ett grymtande till svar.

Det var inte helg, så det var inte så mycket folk. Fast jag oftast körde med hög musik, hade jag sänkt den så att den inte var så distraherande. Av uttrycket på Brauns ansikte när han först hade satt sig i min bil häromdagen, verkade det som att han inte gillade jordmusik.

Min mobil plingade, vilket indikerade att jag fick ett sms.

"Kan du kolla det?" Jag pekade på mittenkonsolen där jag hade satt min telefon. Han hade sagt att jorden var primitiv i jämförelse med rymden, så jag chansade på att han kunde förstå en enkel mobiltelefon.

Han plockade upp den, fumlade med den ett ögonblick. Jag satte på min blinker och svängde över till den vänstersvängande filen och stannade, väntade på att stoppljuset skulle ändras.

Han vinklade skärmen mot mig och sa, "Jag vet inte detta djur."

"Skit," muttrade jag när jag såg bilden. "Det är Howard."

"Är det typen av djur? En Howard?"

Jag sneglade mot stoppljuset och suckade av lättnad när det blev grönt. Istället för att svänga mot gatan som gick mot stranden, gjorde jag en U-sväng för att åka tillbaka åt hållet vi kom ifrån. "Det är en alligator som gillar att vandra runt i min farfars trädgård. Farfar döpte den Howard."

Jag körde in på ett shoppingcenters parkering och stannade bilen. Jag använde aldrig min mobil när jag körde, och det här skulle kräva lite arbete.

"Det här är inte stranden." Braun snurrade sitt huvud åt höger och vänster, och försökte hitta vattnet.

"Ja, förlåt. Jag måste ringa ett samtal." Jag gjorde några klick på telefonen och valde min farfars namn.

"Hallå."

"Farfar, du måste gå in." Baserat på fotot han hade skickat var han uppenbarligen i trädgården med Howard. Jag hade ingen aning om Howard var en tjej- eller kille-alligator, men han hade kommit upp från sumpmarken till farfars trädgård i några år nu.

"Han är harmlös."

"Han är ett vilt djur."

Braun tittade på mig när jag pratade.

"Han gillar torkat kött."

"Såklart han gör," muttrade jag. Vilken köttätare gillar inte torkade köttbitar?

Min mobil plingade till, och jag tog den från mitt öra och svepte mitt finger över skärmen för att läsa sms:et. Min mamma. Jag hade organiserat en grupp med mig, farfar, och mina föräldrar så att vi lätt kunde kommunicera. Farfar hade inga problem med att sms:a eller ta bilder och dela dem genom sin telefon med oss. Jag hade inte sett en bild av Howard på ett tag. Vanligtvis brukade farfar skicka en bild av hans middag eller en fin soluppgång eller till och med reklam han fått på posten där det stod att han hade vunnit tio miljoner dollar.

Farfar hade skickat sin favoritbild av alligatorn i gruppchatten, så jag var inte den enda som såg den.

MAMMA: *Är i affären och väntar på att målarfärg ska blandas. Åk dit. Ta din farfar och det torkade köttet bort från Howard!*

JAG SUCKADE, insåg att mamma också hade stått inför exakt samma problem tidigare och till och med visste om snacksen. Jag satte tillbaka telefonen mot mitt öra. "Farfar, snälla gå in tills han är borta."

"Vi håller varandra sällskap," svarade han. "Han saknade mig när jag var borta."

Min farfar hade varit på sjukhuset i några dagar, kemoterapin gjorde honom snurrig, men han hade varit hemma i en vecka nu. Jag strök min hand över mitt ansikte, vände min blick mot Braun. "Vill du se en alligator?"

Hans ögonbryn höjdes.

"Är du med någon?" frågade farfar.

"Ja."

"Jag önskar att se en alligator som heter Howard," kommenterade Braun.

"Är det en man?" Farfar kanske hade hälsoproblem, men att höra var inte ett av dem.

Jag tittade på Braun. Var han en man? Han var manlig, det var säkert. Jag hade grundligt bekräftat det.

"Ja," sa jag, ville inte gå in på ämnet Atlaner över telefonen.

"Kommer jag att få träffa honom?"

Jag tittade på Braun igen. Det var en sak att ha en romans med en man, utomjording. Man. En helt annan sak att ta med honom för att träffa din familj efter att ni hade känt varandra i två dagar. Jag hade inte mycket av ett val. Farfar hade överlevt ett krig och kämpade hårt mot cancer. Jag ville inte att han skulle dö för att han hade blivit uppäten av en alligator.

"Om femton minuter ungefär," sa jag.

"Perfekt, hämta lite mer torkat kött på vägen hit." Farfar avslutade samtalet, så jag satte tillbaka min mobil i hållaren, men den plingade till och jag tog upp den igen för att se nästa sms.

MAMMA: *Snälla säg att du är på väg för att hantera alligatorn.*

JAG SUCKADE OCH SVARADE ATT JAG SKULLE TA HAND OM DET.

"Vad upprör dig?" undrade Braun medan jag skrev svaret.

"Inget," sa jag, utan att titta upp. "Det är min mamma, hon såg bilden och är orolig."

"Du har en familj som bryr sig."

Mina tummar pausade på skärmen, och jag sneglade på

Braun. Hade han en familj? Jag hade ingen aning. Han bodde på Kolonin dock, och från vad jag hade hört var det för krigare bara, inte deras familjer. Helvete, jag hade till och med hört att det var för att männen som bodde där undveks av sitt eget folk. Det var inte rätt.

"Det har jag," svarade jag, och tryckte på *skicka*. "Jag har försäkrat min mamma om att vi ska ta hand om Howard och stoppa farfar från att mata honom med mer torkat kött."

Braun nickade. "Utmärkt. Jag önskar att jag får se denna varelse och träffa din farfar. Och om det där torkade köttet smakar bra, vill jag testa."

Även med fönsterna nere var det varmt i bilen eftersom vi inte rörde oss. Om jag var överhettad, måste Braun vara smältande, även om det inte ens var en droppe svett på hans ögonbryn.

Jag körde tillbaka ut i trafiken och försökte förstå mannen jämte mig. Han gillade katter. Han var inte rädd för familjen. Han klagade inte på att bli inklämd i min bil. Han ville äta något som matades till en alligator. Vad var det för fel på honom? Jag spenderade körningen med att fundera på det, men när vi körde upp på uppfarten framför farfars hus hade jag fortfarande inte kommit på något.

Braun ställde sig upp och sträckte på sig och jag gick runt bilen till honom. "Vad behöver jag veta?" frågade han.

"Stora tänder. Korta ben. Springer snabbt."

Hans ögon vidöppnades i chock. "Din farfar?"

Jag blinkade, förvirrad, och skrattade sen. "Nej, alligatorn. Det är förhistoriska. De har käkar av stål och klämmer fast sitt byte och gör en dödssnurrningsgrej. Du vill inte gå nära dem. Du vill inte gå nära kanten av sumpmarken för du vet inte när de är där och sen... tugg tugg." Jag smällde ihop händerna i en gest som en alligatormun.

Han tog min hand och drog med mig de få stegen till ytterdörren. "Vi måste skynda oss då, så att din farfar inte skadas."

Jag hade skyndat mig hit just av den anledningen, men jag hade träffat på Howard förut. Farfar hade en hälsosam respekt för djuret, men han var för godhjärtad och fortsatte att mata honom med snacks, vilket betydde att alligatorn återvände. Som ett husdjur.

Alligatorer är inte husdjur.

Jag var helt med på att farfar ska komma ut och socialisera sig, men inte med Howard. Jag var säker på att det måste finnas någon trevlig änka här någonstans som kanske skulle vilja smaka på min farfar på ett annat sätt.

"Hallå? Vi är här!" ropade jag, men jag visste att farfar var ute på baksidan. Jag gick genom hallen—tog några sekunder på mig att uppskatta luftkonditioneringen—till bakdörren i köket.

"Hej farfar," ropade jag. "Det är jag."

Farfar vände sig i sin trädgårdsstol, och ansträngde sig för att ställa sig upp. Howard låg borta vid kanten av trädgården, kanske femton steg från verandan, och solade. Jag skulle chansa på att Howard var ungefär 180 cm. Inte enorm, men ingen bebis heller.

Egendomen var i ett äldre grannskap där varje hem gränsade mot en gräsplätt med ett promenadstråk. Bortom det och ner för en liten kulle var sumpmarkens kant. Det fanns en hyfsat djup kanal för små båtar att åka genom. Där fanns sjökor vid sällsynta tillfällen. Fåglar. Det är som att backa upp till en tät skog i resten av landet. Det var fridfullt, förutom Howards sporadiska besök.

"Där är min tjej," sa farfar, och gick mot vårt håll över den betongklädda verandan som var runt hans lilla pool. Själva vattnet var under en inskärmad kupol, men han var utanför den nu eftersom han inte kunde kasta torkat kött annars. Jag sprang fram och kramade honom—försiktigt, eftersom jag visste att cancerbehandlingen fick hans skelett att värka. Han var för smal, hans mörka ögon hade sjunkit in i hans ansikte. Hans normalt karamellbruna hud kunde inte helt dölja den gula tonen precis under.

När han släppte mig tittade han inte på mig, utan över min axel på Braun. Jag tittade på Howard, för att se till att han höll sig långt, långt borta.

"När du sa att du hade någon med dig förväntade jag mig inte en utomjording." Hans röst var hård, men jag visste att han skojade. Fastän Braun inte *såg* så annorlunda ut från människor, var han bara så mycket större än nästan alla människor. Det var ganska uppenbart att han inte var från jorden bara för det. "Han kommer att vara bättre sällskap än Howard."

Och säkrare.

Jag pussade farfar på kinden, tog hans hand och gick långsamt framåt för att presentera Braun.

"Braun, detta är min farfar, Jassa Singh Kaur. Farfar, detta är Braun, en Atlansk krigsherre."

"Det är en ära, herr Kaur." Braun bugade.

"Äh, jag är inte formell här. Sträck upp dig, pojke," begärde farfar.

Braun sträckte sig upp till sin fulla längd, och farfar och jag krökte bak våra nackar i vad som måste sett komiskt ut från Brauns perspektiv.

"Du ser ut som en av de där basketspelarna."

Braun flinade. "Det är vad Angela säger."

"Spelar du då?"

"Nej, herr Kaur. Det är inte något vi har på Atlan. Jag vet inte vad basket är."

Skapad för Odjuret

"Har du sett en alligator förut?" Tacksamt nog skulle inte farfar förklara sporten och bytte ämne lätt.

"Nej, herr Kaur."

"Nå, jag vet inte mycket om basket, men det"—han pekade på Howard— "är en alligator. Tog du med det torkade köttet?" Det sista frågade han mig.

Jag skrattade. "Nej. Mamma kommer att döda mig om jag uppmuntrar dig."

Han muttrade, och gick sen för att hämta det lilla paketet han hade använt.

"Här." Han höll ut det till Braun.

Braun glodde på det, och stirrade sen på farfar.

"Ta en bit och mata Howard."

Brauns ögon vidöppnades medan han stirrade på paketet med torkat kött, sen på mig, sen på Howard. Han pratade till farfar med sina händer upp i en stopp-rörelse. "Jag krigade mot Kupan med heder, men jag kan inte mata den där saken."

Jag bet mig i läppen för att inte börja skratta.

"Hallå!"

Farfar räckte över paketet med torkat kött till mig när han hörde min mammas dämpade röst inifrån. "Göm det innan hon ser." Han hade alltid varit min kompanjon mot mina föräldrar, och det var det som gjorde honom speciell. Jag hade inga syskon, så han hjälpte mig att komma undan med rackartyg genom åren.

Braun snurrade runt, förvirrad.

Jag himlade med ögonen, tog paketet och stoppade det i en stor kruka jämte trädgårdsbordet. Blommorna blommade stort, och det såg ut som om farfar inte hade trimmat dem på månader. Det blev lätt att gömma beviset.

"Bra tänkt." Farfar blinkade åt mig samtidigt som mina föräldrar kom utrusandes, med andan i halsen. Jag fantiserade om hur de hade kört jättefort genom stan från affären för att komma hit. Farfar bodde ensam och eftersom han var sjuk var vi alla oroliga, men han vägrade att flytta. Min mamma ifrågasatte förmodligen detta nu på grund av hur hans relation med Howard höll på att utvecklas.

Mamma tog in hela situationen, men hennes blick landade på Braun och höll sig kvar där. Pappa kom ut bakom henne och stannade till helt också. Jag förstod deras förvåning. En alligator var en sak, men en utomjording? Uttrycken på deras ansikten var komiska.

Jag sträckte bakom mig och tog Brauns hand, drog honom framåt. Min pappa var inte en lång man, inte alls i närheten av Brauns storlek, och min mamma var knappt längre än mig. Braun böjde sig vid midjan i en till bugning.

Nu när jag inte behövde ha panik att farfar skulle bli uppäten, tog jag ett ögonblick för att uppskatta Braun. Gode Gud, han var jättesnygg. Och respektfull mot mina föräldrar. Något som skitstöveln Kevin aldrig hade klarat av de två eller tre gångerna jag hade tagit med mig honom hem. Min mamma hade faktiskt dragit mig åt sidan och varnat mig att jag gjorde ett misstag när jag berättade för henne att Kevin bodde med mig. Jag borde ha lyssnat på henne. Ingen överraskning där.

Att ha Braun jämte mig kändes annorlunda. Att presentera honom kändes... viktigt. Jag ville att de skulle träffa honom, att känna mannen—ehh, utomjordingen— som jag tyckte var fascinerande och mycket annat. Det var viktigt att Braun kände dem också. Vi var för nära för att kunna hålla något så stort, bokstavligen och bildligt, från dem.

"Mamma, pappa, detta är Braun. Han är en krigsherre från planeten Atlan." Jag tittade på mina föräldrar och tackade allt heligt att jag hade fötts med sådan tur, jag tänkte på att inte alla hade en familj. "Braun, detta är min pappa, Hari Singh Kaur, och min mamma, Michelle Marie Kaur."

"Det är en ära att träffa er båda." Braun lyfte inte sin blick eller sitt huvud från bugningen, och mina föräldrar tittade på mig med frågande ögon. Jag ryckte på axlarna. Jag hade ingen aning om vilka Atlanska seder Braun följde, men jag var förtjust. Hänförd, till och med, av hans ansträngning. Till och med när det var en alligator i närheten.

Jag ville inte genera Braun genom att kommentera hans beteende när han var så respektfull. Kanske min mamma tänkte samma sak, för hon gick fram till honom och satte sin hand på hans arm. Han reste sig och han tornade över henne och gav han henne ett litet leende.

"Min svärfar har dig att tacka att han undkommer en utskällning." Hon lutade sig runt Braun för att ge en sträng blick åt farfar.

Min pappa dolde en hostning med baksidan av sin hand, men jag misstänkte att det inte alls var en hostning.

"Jag är nyfiken på att veta, dotter, hur du har hittat en utomjording," sa pappa, och tittade sen på Braun. "Jag vill veta allt om rymden." Han vickade på sina svarta ögonbryn. "Speciellt om alla prylar och manicker."

Braun såg förvirrad ut.

"Teknologin. Min pappa är en ingenjör."

"Tillräckligt om detta nu. Nu äter vi! Jag är utsvulten." Farfar gnällde på oss alla, använde sin ålder till sin fördel för att bossa runt oss yngre människor. För mig var det skönt att höra att han var hungrig efter alla sina behandlingar.

"Det är för att du förmodligen gett alla dina snacks till Howard." Min mamma försökte starkt att inte uppmuntra honom, men vi kunde alla se humorn i hennes ögon.

Jag sneglade över min axel för att titta på djuret. Han hade inte rört sig alls, och hans ögon var nu stängda för en tupplur. Uppenbarligen var en utomjording inte av något intresse för han.

Farfar gick före oss in i köket. Stranden var inte längre ett alternativ, och det fanns inte en chans att jag kunde åka härifrån med Braun nu. Vi var fast här, fast jag hade inget emot det. Jag hoppades att Braun inte hade det heller. Han hade varit intresserad av mig. Bara mig. Bara mig för sex... och lite kul i Miami. Men föräldrar? En sjuk farfar? En alligator till pseudo-husdjur som hette Howard?

Det var något helt annat.

"Kom med mig, unge man," sa mamma, och tog Brauns bastanta arm. "Om du dejtar min dotter måste jag fråga dig minst tusen frågor."

Dejtade vi? Vi hade inte varit någon annanstans än min lägenhet, och fast vi definitivt hade lärt känna varandra, var det inte som middag och en bio precis. Inte för att jag skulle dela det med mamma. Det fanns *några* saker jag höll hemligt.

"Glöm inte prylarna!" ropade min pappa över sin axel när han följde efter farfar, och vi alla skrattade.

Min mamma och Braun gick efter, och han var tvungen att ducka när han gick igenom dörröppningen.

Jag var sist in och stängde dörren bakom mig, och mitt hjärta brast i sömmarna med lycka för den första gången på så länge att det var svårt att ens komma ihåg. Jag hade ingen aning om hur viktigt det var för min familj att träffa Braun. Att Braun skulle gilla dem.

Min mamma gick till kylen och tog fram några saker till lunchen medan jag drog ut en stol vid köksbordet för farfar. Hur trött han än kunde vara, skulle han inte missa en diskussion om rymden.

"Så, Braun, berätta allt om dig själv," sa hon, sneglandes över sin axel samtidigt som hon satte sakerna på köksbänken.

Jag skakade på huvudet. "Mamma, du kan inte säga så. Han kommer att ta dig bokstavligen."

"Bra." Hennes lyfta ögonbryn lät mig veta att hon menade allvar. Jag sneglade på Braun, som tittade på mig för ledning. Jag pekade på en stol och han satte sig ner, vilket gjorde det lättare för allas nackar.

"Kör på," sa jag till honom. "De har aldrig pratat med en utomjording innan."

"Du, dotter, kan börja med att berätta för oss var ni träffades."

"På jobbet."

"Ah, du är den Atlanske krigsherren för TV-programmet," sa mamma och knäppte med fingrarna. Sen smalnade hennes ögon. "Bor på hotellet där min älskling jobbar?"

"Ja."

Jag drog ut en stol och satte mig nära farfar så jag kunde hålla hans sköra hand och hoppades, nu när cellgiftsbehandlingen var över, att han kunde lägga på sig lite vikt och må bättre. Jag tittade upp från våra ihopflätade fingrar och såg Braun titta på mig med en värme i sina ögon som jag kände igen, men med en ömhet som var ny. Jag hade nämnt att farfar var sjuk, och jag var säker på att Braun kunde se det.

"Kom igen. Berätta allt för oss. Jag vill också veta."

Och det ville jag. Jag visste inget om honom förutom faktumet att han var en utomjording, han var väldigt skicklig i sängen, och han hade kämpat i ett krig i yttre rymden, tillfångatagits och torterats på något sätt och fått andra utomjordingssaker implanterade, som de konstiga

Star Trek Borg. Och det mesta av det visste jag för att jag hade sett reklamerna för *Bachelor: Odjuret* showen.

Fast, nu när jag tänkte på det, hade jag sett honom naken flera gånger och hade inte märkt några konstiga datadelar. Så om han hade dem, var någonstans var de? Han såg helt jättesnygg och normal ut enligt mig. Och det var meningen att han skulle förvandlas till något slags odjur? Jag hade inte sett det heller, inte med honom. Hans röst hade blivit djupare och hans ansikte hade sett lite bredare ut en eller två gånger—kanske—men det var allt. Så vad var allt det här om hans odjurssida? Var det som någon slags djurisk instinkt?

Jag kom ihåg hur jag hade tittat när krigsherre Wulf hade förvandlats till sitt odjur när han hade härjat över scenen för att komma fram till sin nyfunna partner, Olivia. *Han* hade varit ett odjur. Men Braun hade aldrig varit alls så. Han hade inte växt 30 centimeter eller förlorat kapaciteten att prata förståndigt. Det kanske var för att jag inte var hans sanna partner, så hade hans odjur inte kommit fram för mig.

Jag kände hur jag rynkade på ögonbrynen och slog iväg den tanken. Nu var inte rätt tid att tänka på det.

Braun harklade sig, fick mig att komma ur mina tankar. Jag ville veta allt om den här mannen. Nej. Utomjordingen. Han var en utomjording. Och han var inte min. Han hade en hotellvåning full av vackra, förfinade, perfekta kvinnor att välja på. En liten, kurvig, halvmörk Punjabi-tjej som jobbade som städerska för att kunna betala sin hyra för en skitful enrumslägenhet behövde komma ihåg det.

Men fan, när jag tittade på honom var det svårt att inte vilja ha mer.

8

OMRINGAD AV ANGELAS FAMILJ OCH ÖVERSVÄMMAD MED FRÅGOR, borde jag känt mig nöjd.

Istället kändes det som att jag drunknade. Jag tog ett djupt andetag, försökte dölja mina nerver och odjuret som ville att jag skulle spinga härifrån. Från dessa snälla människor som tittade på mig med en öppen nyfikenhet. Inte på grund av integrationer eller faktumet att jag var det senaste bachelorodjuret, men för att jag var från någonstans främmande för dem.

De ville veta saker om min kultur, mitt sätt att leva. Om mig.

Kanske var det anledningen till att jag var så obekväm. Jag var inte van att vara något annat än en integrerad krigsherre. Någon att bli rädd för. Udda.

Så jag delade med mig av det jag trodde de skulle tycka var intressant. Jag berättade för dem att jag var från Atlan, vilket de visste. Jag berättade att jag hade krigat för Koalitionen, vilket de också visste från TV-programmet.

Samtidigt som jag pratade placerade Angelas mamma, Michelle, ut mat på bordet medan hennes pappa satte fram tallrikar, bestick och glas med vatten.

"Hur länge var du en K.F?" Den äldre, Jassa Kaur, var väldigt synligt sjuk. Hans kropp var för smal, även för en liten mänsklig man. Angela hade nämnt att hon hade bidragit med pengar för hans medicin. Jag visste inte hur sjuk han var eftersom en ReGen-stav eller podd hade kunnat lista ut vad den här gamla mannen hade innan han blivit så sjuk. Men hans blick var fokuserad och intelligent, och han lyssnade på allt jag sa med ett intresse jag aldrig hade upplevt tidigare.

Faktumet att han hade byggt en vänskap med ett farligt djur visade hans karaktär.

Människor var ett besynnerligt passionerat folk. Krig och död var accepterat och till och med förväntat på min hemplanet. En man utan en partner att tämja sitt odjur blev till slut avrättad när febern tog över honom. Vi lärde oss unga att inte ifrågasätta den faktan, eller lägga för mycket vikt vid någon relation förutom den med vår partner.

"Nå? Hur länge?"

"Farfar, snälla. Lämna honom ifred. Det här kan inte vara ett lätt ämne för honom. Kom ihåg, vi är utomjordingar för honom. Vi är de konstiga." Angela lutade sig framåt och tittade upp på mig med nedstämdhet i sin blick. Eller var det medlidande? Jag ville inte ha något av det från henne.

"Vad är en K.F?"

"Krigsfånge," klargjorde Angela.

Jag nickade. "Jaha. När jag var tillfångatagen tappade jag uppfattningen om dagarna. För många."

Skapad för Odjuret

Farfar nickade som om han förstod. "Hur kom du därifrån?"

"En spaningsgrupp från Koalitionen hittade mig och tog med mig."

"Sjukhus?"

"Medicinskt?" frågade jag, och hoppades att min förståelse av språket var rätt. "Ja. I tre dagar."

Den gamla mannen lutade sig framåt av intresse nu. "Tre dagar? Är det allt?"

"Integrationerna som kunde tas bort tog de ut från min kropp, och jag placerades i en ReGen-podd för att läkas. Jag var medvetslös i nästan två dagar. När jag kom ut från podden transporterades jag till Kolonin."

Michelle satte sig i den tomma stolen jämte mig och ropade till sin partner. "Hari, han pratar om prylar och manicker. Sluta hålla på med ismaskinen och kom hit." Angelas pappa hade varit upptagen med den kylande maskinen av mat som kallades kylskåp. Utöver den snabba maten Angela hade tillagat till mig när jag var hos henne, hade jag inte sett en måltid förberedas från grunden sen jag var en pojke, innan jag började min utbildning. Barackerna använde S-Gen-maskiner för att förse mat till så många hungriga krigsherrar. Men sakerna på bordet var skivor av vad jag gissade var kött och ost, skålar av blandade saker jag inte kände igen, och flaskor och burkar av någon sort. Jag hade ingen aning om vad de användes för, men jag antog att de innehöll mat.

Hari skyndade sig över och satte sig med oss. Michelle sträckte sig mot honom direkt, hennes hand gnuggade hans axel med en mjuk beröring som han accepterade. Jag stängde mina ögon så att Angela inte skulle se längtan i mitt ansikte efter en sådan beröring. Jag hade fötts för att kriga, tränad från en ung ålder, förhärdad och lärd att döda för att skydda mitt folk. Jag ångrade inte något av det. Men nu, med Angela så nära, behövde mitt odjur henne, behövde accepteras och lugnas av vår partner. Att känna samma beröring av någon till mig.

Den äldre harklade sig samtidigt som han använde en sked för att lägga lite av den oidentifierade maten på sin tallrik. "Du sa integrationerna som *kunde tas bort*. Du har fortfarande några av dem?"

"Ja." Påminnelsen av min kontaminering och misslyckande som krigare suddade ut all längtan från min kropp, och den ersattes med ilska. "Jag är beaktad som kontaminerad av mitt folk. Koalitionens världar vill inte ha krigare som har integrerats av Kupan på sina planeter. Vi uppfattas som för farliga. Så vi lever resten av våra dagar på Kolonin, med gruvarbete och jobbar för resten av Koalitionens flotta."

"Låter som ett fångläger enligt mig," sa den gamle mannen och använde sin metalliska dryckesmugg för att slå på sina byxor där de dolde hans nedre ben. Jag sneglade runt bordet och såg vad han gjorde. Till min förvåning hördes ett metalliskt ljud.

"Titan," förklarade den äldre mannen. "Förlorade benet i ett slag för länge sedan. Kan du slå det?" Han småskrattade, vilket förvirrade mig och mitt odjur. Hur var det underhållande att förlora en lem?

Min tystnad fick alla fyra av människorna att titta upp förväntansfulla. Angela gick till köksskåpet och kom tillbaka med ett paket i udda form, som en stängd påse. Hon ryckte i toppen och den öppnades lätt. Hon sträckte in sin hand och drog ut gula, platta diskar som var vanskapta. När hon la en i munnen, knastrade det. När hon såg hur jag glodde på saken, tog hon en från sin tallrik och höll ut det mot mig.

Jag la det i min mun, och det knastrade verkligen, högt.

Smaken var salt och oljig. "Vad är detta?" frågade jag efter att jag hade svalt.

"Potatischips," förklarade Angela. Hon sträckte sig över bordet och hällde ut några på min tallrik.

Hennes farfar harklade sig, och jag påmindes om hans fråga. "Ah, du undrade om vad mina krigsskador var."

Den äldre mannen nickade; de andra väntade bara tålmodigt. Hari åt en bit av det skivade köttet, och Michelle sprutade ut något från en av flaskorna på sin tallrik. Det var starkt gult i färgen. Jag var nyfiken över deras mat, och de var nyfikna på mig. Jag hade en känsla att jag kunde säga till dem att jag inte ville dela med mig, men de fick mig inte att känna mig udda. Nej, de var intelligenta människor som ville veta mer om mig. Om vad jag hade varit med om.

Jag insåg att även om jag hade knullat Angela mer än en gång, hade jag varit försiktig med att inte visa henne mina integrationer. Jag hade varit en fegis, kanske rädd för att hon skulle skrämmas av dem. Av mig. Skulle tycka att jag var osmaklig eller motbjudande.

Jag hade haft fel.

Hennes farfar lutade sig ner och drog i byxbenet, knöt tyget i sin hand för att visa metallstången som hade ersatt den nedre delen av hans ben. "Detta är vad kriget gav mig. Och jag var arg över det en väldigt lång tid."

"Hur kom du över din ilska?" Till och med när jag frågade frågan, vandrade odjuret runt inom mig. Han var arg hela tiden. Vartenda ögonblick av varenda dag sen jag föddes, hade han kämpat mot mig. Och hans ilska växte starkare med varje timme som passerade. Påminnelsen om vad Kupan hade gjort mot mig fick mitt blod att bränna som syra medan han slogs för att bryta sig fri. Det var en annorlunda känsla från mitt odjur. Kupan hade stulit något från mig, och jag skulle aldrig få tillbaka det. Jag visste att min röst hade ändrats, men jag behövde ett svar. "Hur kom du över ditt misslyckande?"

"Misslyckande?" Han bankade på sitt metallben igen, ljudet av metall mot metall lät högt i tystnaden runtomkring oss. "Detta är inget misslyckande, min son. Jag överlevde. Precis som du gjorde. Jag är stolt över dig." Han lutade sig tillbaka och lyfte sitt glas mot mig i en väldigt mänsklig honnör som jag hade sett att kvinnorna på Kolonin hade gjort. "Och du kan inte komma över ilskan. Du kan inte förtränga den. Du kan inte slåss mot den. Du måste acceptera den och kalla den en vän. Den elden är det som fick dig att fortsätta kämpa, den höll dig levande och tog dig hit. Min eld tog mig hem, tillbaka till min familj. Hur är det ett misslyckande? Ett jävla mirakel, är vad det är. Ett jävla mirakel."

Angela hade slevat upp en del av den mystiska maten på min tallrik, men hon la tillbaka skeden i skålen. "Pastasallad," sa hon.

"Tack så mycket," svarade jag, men gav inte maten någon uppmärksamhet. Jag väntade inte för att fundera på mitt beslut, eller på konsekvenserna. Jag *behövde* visa mig själv för min partner. Att hon skulle känna hela mig. Vad jag hade blivit.

Jag lyfte skjortan Angela hade gett mig, drog tyget över mitt huvud och la den ihoptryckta skjortan i mitt knä. Bar från midjan upp vände jag mig om och visade min partner min rygg... och de konstiga silvriga strimmorna som spreds från min ryggrad och försvann ut i musklerna som sträckte sig upp och ner i min rygg.

"Åh herregud." Angelas röst var viskande mjuk, och jag slöt mina ögon, ville inte låta de heta tårarna jag kände falla. Jag skulle inte visa sådan svaghet. Inte här, framför hennes familj.

Inte någonsin.

Odjuret vrålade i mitt sinne, krävde att bli frisläppt, att jag skulle låta hans vrede komma fram. Jag knöt mina nävar och ignorerade honom och smärtan som skar genom min skalle, som den hade i åratal. Jag förlorade inte kontrollen. Inte för ett ögonblick. Inte någonsin.

Inte nu, framför dessa människor som var... speciella.

Mitt odjur var för starkt. Om jag lät honom fri skulle jag kanske aldrig få tillbaka kontrollen.

"Det är fascinerande." Angelas mamma pratade med en klinisk ton som jag hade kommit att känna igen som medicinsk personal. "Får jag? Jag vill inte vara oartig, men har du något emot det?"

Jag sneglade över min axel på Angela, förstod inte frågan. Hon tittade upp på mig, och det var tårar i hennes ögon. "Hon vill röra vid dem."

Jag nickade med tillåtelse och vände mig tillbaka för att stirra mot vattnet i poolen igen. Jag hade spenderat tid i en nyligen, med Dr Surnens partner, Mikki. Jag kunde simma, men detta var ingen tid för att leka.

En varm hand kände på min ryggrad och spårade kanterna av både mina ben och Kupans integrationer som utbuktade från mitt kött. "Vad gör de?"

Jag svarade kliniskt, på samma sätt som Dr Surnen hade berättat för mig vad som kunde—och inte kunde—tas ut från min kropp utan att döda mig. "De är utökade responskretsar. Strimmorna expanderar sig djupt in i muskelfibrerna. Jag har dem också genom min bakdel, mina höfter och lår. De gör att jag reagerar snabbare. Mina muskler är också förstorade för att kunna hantera mer."

"Så du är starkare och snabbare än vad du hade varit utan dem?" frågade hon.

"Ja. Med tre eller fyra gånger."

"Det där är definitivt en pryl." visslade Angelas pappa.

Allas mat var bortglömd.

"Och dina ögon?" Angela frågade frågan, hennes röst mjuk som om jag skulle ta illa upp. Det var den enda bit av integration som hon hade sett.

"Silvercirkeln är resultatet av ett utökat seende."

"Det betyder att du måste fått integrationer direkt in i de optiska delarna av din hjärna." Angelas mamma gjorde ett uttalande, inte en fråga.

Jag nickade. "Ja. Som ni kan se, efter att de utvändiga integrationerna hade tagits ut, kunde inte de andra tas bort eller justeras utan att avsluta mitt liv." Jag pratade tydligt, som en lärare som föreläste inför elever. "Med ryggrads- och hjärnimplantat, sågs jag som ett hot och skickades till Kolonin."

"Och detta händer alla er?" Angelas hand spårade konturen av en silvrig strimma på min rygg, och jag höll mig väldigt stilla.

"Nej. De flesta av oss dör när integrationerna tas bort. Jag hade tur. Dr Sumen är väldigt skicklig med Kupans teknologi."

"Och den här Kupan, det är de vi kämpar mot i yttre rymden?" frågade Angelas pappa.

"Ja. I århundranden." Jag suckade och satte på mig min skjorta innan jag vände mig om. Jag mötte hennes farfars blick. "Det har varit ett väldigt långt krig."

Angelas farfar ställde sig upp och tittade ner på mig. "Lovar du mig att du kommer att ta hand om vår lilla tjej?"

Jag tappade hakan. Han hade överraskat mig. Jag hade förväntat mig motsatsen till vad han gav, vilket var hans godkännande.

Jag sänkte mitt huvud. "Jag kommer att skydda henne med mitt liv."

Skapad för Odjuret

"Farfar!" skrek Angela, men jag höll mina ögon på hennes farfar.

"Bra. Det har varit en ära, soldat." Han höjde sin hand till sin panna i vad jag kände igen som en militärsalut. Han sänkte sin hand och tittade på sin son. "Jag är trött, Hari. Hjälp din pappa till sitt rum, snälla?"

"Självklart." Angelas pappa ställde sig snabbt upp och gick för att hjälpa sin gamla pappa ut ur rummet. De försvann och jag var kvar med två kvinnor, min partner och hennes mamma.

De båda ställde sig upp också, och Angelas mamma steg fram, slängde sina armar runt mina axlar och klämde. Med mig sittandes och henne stående, var vi nästan samma längd. "Jag kramar dig; hantera det."

Jag ville inte vara sittandes när en äldre kvinna stod upp, så jag ställde mig upp, och hon släppte sitt grepp eftersom jag blev för lång. Angela skrattade och jag kände hur mina armar rörde sig för att omfamna den lilla kvinnan som hade inbringat min partner till universum. Jag var skyldig henne en stor skuld.

Hon släppte mig och torkade tårar från sina kinder. "Jag godkänner den här." Den äldre kvinnan blinkade mot mig och försvann ner i korridoren.

Ögonblicket vi var ensamma, kom Angela runt bordet och hoppade, slängde sig själv i mina armar. Jag tog ett steg tillbaka från min stol. "Jag kan inte tro allt det där. Vad du har varit med om, Braun, jag kan bara inte det."

"Tänk inte på det." Jag ville inte att hon skulle bli olycklig eller stressad över något i sitt liv, men speciellt inte mig.

Hon lyfte sitt huvud från min axel och tittade upp i mitt ansikte. Jag höll upp henne från marken lätt. Hon var så liten att jag hade kunnat bära tio gånger hennes vikt utan ansträngning. Så liten. Skör. Kvinna. Så mjuk.

Så mäktig.

Odjuret lugnade sig i ögonblicket när hon var i mina armar. Skulle någon hota henne, skada henne... kommer den resulterande destruktionen vara katastrofal.

"Jag måste gå till min lektion snart," sa hon. "Dags att köra hem dig."

Jag kysste henne, medveten om fönstret där jag såg hur hennes mamma kollade på oss. Även med publiken kunde jag inte motstå att smaka på henne. Jag var stolt över mig själv för jag lämnade mina händer oskyldigt på hennes lår. "Hotellet är inte mitt hem, men det är något jag måste hämta där."

Hon lutade sin panna mot min, och jag ville inte röra mig. Någonsin.

"Okej. Jag kan inte missa skolan. Jag måste åka nu. Men jag vill att du ska komma till min lägenhet efter. Okej?"

Hon frågade som om hon tvivlade på att jag skulle komma dit. Inget skulle kunna stoppa mig. "Självklart. Jag kommer att vara där innan nio, mänsklig tid."

Det fick henne att fnissa, och jag satte ner henne och tittade hur hennes röv svängde när hon gick tillbaka till stolarna och sin vibrerande kommunikationsapparat.

Hon tog upp apparaten, rörde vid den med sina fingrar och blängde, klart upprörd.

"Vad bekymrar dig partner?" Jag skulle krossa vad det än var som en mask.

"Äh, inget. Skitstöveln, Kevin, försöker fortfarande stjäla min TV."

"Ska jag skrämma honom med mitt odjur? Jag gör gärna det."

Det fick henne att skratta, ett högt, glatt skratt som fick

mig att glömma att det fanns en mänsklig man som behövde krossas.

"Nej. Det är okej." Hon gick runt bordet och satte sig, och fortsatte äta sin lunch. "Han är en skitstövel. Han säger att han köpte Tv:n så han borde få behålla den. Det är löjligt. Hans pappa är en politiker i staten. Rik. Jag är säker på att det finns tio TV-apparater i hans enorma herrgård vid vattnet. Jag antar att hans pappa måste ha slutat ge han pengar eller så är han bara mer svinig än vanligt. Varför komma efter min dumma skit TV?" Hon åt en bit mat.

Jag kopierade hennes rörelser och testade lite pastasallad. Annorlunda men gott. "Jag förstår inte jorddynamiken. Är det sant? Ska inte apparaten tillhöra honom om han köpte den?"

"Åh, han köpte den, visst. Han gick till affären och valde ut den. Tog med den tillbaka till lägenheten." Hon la den lilla apparaten i sin ficka. "Men han använde *mitt* bankkort för att betala för den."

"Jag förstår fortfarande inte." Det mänskliga systemet av banker var inte vettigt och verkade uppbyggt så för att göra invånarna till slavar istället för att hjälpa dem få bekvämlighet och stabilitet. Deras system var en av anledningarna till att jorden inte hade erbjudits fullt medlemskap i den Interstellära Koalitionen av Planeter. Det och många andra barbariska vanor, så som att slåss över resurser, svälta sina invånare, neka dem medicinska behandlingar. Slavar. Listan var lång, men Koalitionen var tidlös. De kunde vänta på att jorden skulle mogna...eller förstöra sig själv.

Angela log. "Det spelar ingen roll. Som farfar sa, jag är utsvulten. Ska jag berätta för dig om vad det är du äter?"

"Skulle Howard gilla det?" frågade jag.

Hon skrattade. "Jag tror att Howard äter vad som helst."

Hon tog tid på sig för att förklara om alla rätterna. Om flaskorna och burkarna som kallades kondiment. Jag gillade senap, men de inlagda gurkorna var för sura för mig.

Efter att vi hade sagt hejdå till hennes föräldrar körde hon mig tillbaka till hotellet, och jag lämnade henne motvilligt så att hon kunde närvara på sin utbildningslektion. Jag skulle inte slösa min tid när hon var någon annanstans. Jag hade saker att ta hand om för att göra henne min. Först, skulle jag säkra mina parningsarmband. De var Angelas, och jag skulle se dem på hennes handleder. Efter det, skulle jag ha ett kommunikationssamtal med Kolonin och berätta för guvernör Maxim att han måste skicka en annan tävlande för den mänskliga TV-showen. Efter att ha träffat hennes familj idag var det mer tydligt än någonsin. Jag var inte längre tillgänglig.

Angela var min partner. Min.

Odjuret höll med.

9

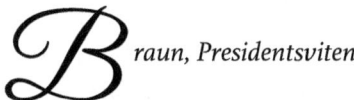

raun, Presidentsviten

"Varför tittar du bort hela tiden?" frågade guvernör Maxim. "Uttråkar jag dig?"

Jag var tillbaka i mitt rum, arg och nervös. Jag hade inget tålamod. Arg att jag var tvungen att spendera en minut utan min partner. Mitt odjur raskade runt i mig, räknade ner minuterna tills vi kunde återvända till henne. Efter tiden vi spenderat tillsammans, efter att ha träffat hennes familj, var jag mer säker på mitt beslut än någonsin. Inte för att jag ifrågasatte mitt odjur, men Angela var... perfekt.

Hon hade berättat för mig om sin utbildning, åren hon hade spenderat för att bli en sjuksköterska. Jag gjorde den mentala jämförelsen till de högt kvalificerade och skickliga medicinska teknikerna över hela Koalitionen. Det var ett hederligt yrke, och jag respekterade hennes önskan att hjälpa andra. Hon skulle tas emot väl och hållas upptagen på Kolonin. Jag hade inga tvivel om att Dr Surnen skulle tycka att hon var ett fantastiskt tillskott till sin personal.

Hennes föräldrar var lugna och trevliga. Hennes farfar var hederlig och vis, trots att han förlorat sin partner och kämpade mot mänsklig cancer, en hemsk fiende för en ensam gammal man att hantera själv. Men Angelas farfar slogs för att leva, att älska, att överleva. Han kämpade med mod.

I motsats till min egen pappa. Han hade varit en av de mest respekterade krigsherrarna någonsin att återvända till Atlan för att ta en brud efter att ha kämpat för Koalitionens flotta. Han gjorde anspråk på henne. Älskade henne. Förlorade henne för tidigt.

Minnena kom kraschandes tillbaka, men för den första gången sen jag var en pojke gjorde det inte ont. Jag förstod äntligen vad som hade gjort att min pappa övergett mig, sin enda son när jag bara var ett barn, för att skicka iväg mig till en träningsakademi utan att säga hejdå. För att frivilligt gå in i en Atlansk fängelsecell och frisläppa sitt odjur eftersom hans partner var död.

Min pappa hade avrättats under min andra dag av träning. Befälhavaren av min träningsgrupp på Atlan hade tagit mig åt sidan och berättat för mig om min pappas valda öde. För att sörja honom och min mamma.

Han hade *valt* att dö. På grund av det hatade jag min pappa i många år, rädd att mitt eget odjur skulle rasa och ta över mig precis som hans hade gjort med honom. Med min mammas allt för tidiga död i en transportolycka, hade jag förlorat båda mina föräldrar, mitt hem och hela mitt liv inom några dagar. Det var början av min inre vrede, av mitt odjur som klöste för att komma ut med all sorg och ilska. Frustration och ilska.

Ända sen dagen av min pappas avrättning hade jag hållit

Skapad för Odjuret

mitt odjur fängslat, jag hade bara låtit han komma fram i krig, och då sparsamt, så att inte vildheten som brände i mitt blod tog över mig och tvingade mig att göra samma val min pappa hade gjort. Avrättning. Döden.

Frid.

Bara nu förstod jag äntligen. Angela var allt och den enda personen i universum som mitt odjur nu skulle lyda. Utan henne skulle odjuret härja, så som min pappas hade. Utan Angela vid min sida, skulle jag välja att dela min pappas öde utan tvivel.

Utan Angela var jag vilsen. Jag var levande, men död inombords.

"Braun? Prata med mig. Vad är det som händer? Mår du dåligt?" Irritationen i guvernörens röst hade ändrats till oro, och jag insåg att jag hade stirrat, blint, på klockan som människor hade jämte sina sängar.

"Jag tittar på tiden. Det är en mänsklig klocka jämte mig," förklarade jag.

"Du bad om detta samtal, och nu pratar du inte?"

Jag suckade, försökte att vara tålmodig, inte bara för att jag var ifrån Angela, men också med min guvernör. Mitt liv hade förändrats sekunden jag såg min partner när hon hade kommit in i mitt sovrum. Jag hade varit blind för allt utom henne. Jag hade varit för upptagen med att fokusera på att vara med henne, röra henne, tillfredsställa henne—och mitt odjur—och jag hade inte hanterat logistiken för att göra henne min. Faktumet att något kunde stå i min väg gjorde mig ännu mer upprörd.

"Jag har hittat henne." Sådär. Det förklarade allt. Kommunikationssamtalet kunde vara över nu.

"Hittat vem?" frågade han.

"Jag har hittat min partner."

Även genom den lilla surfplattan jag hade tagit med mig

från Kolonin, kunde jag inte missa hur hans ögon vidöppnades. "Hur? Jag trodde inte att programmet hade börjat. Jag blev tillsagd att det var någon slags försening."

Jag nickade. "Det stämmer. Min partner är inte en av deltagarna. Hon är anställd på hotellet."

Han pausade, tänkte. "Fan," sa han, och andades ut högt. "Du förstörde inte scenen som Wulf, gjorde du?"

Jag blängde. "Nej."

"Du gjorde inte anspråk på henne framför kameran?"

"Nej. Hon kom för att städa mitt rum, och mitt odjur kände igen henne som min."

Jag kom ihåg Angelas ord om att vilja hålla sin njutning privat. Nu när jag hade spenderat mer tid med henne, höll jag med. Jag hade önskat att alla skulle veta att hon var min, men inte genom hennes skrik av tillfredsställelse. Parningsarmbanden skulle duga. De fanns också på min lista över saker jag måste fixa.

Jag kom också ihåg hur upprörd guvernör Maxim hade varit när han skulle hantera människorna och deras bisarra papperskontrakt. De hade ställt orimliga krav på Wulf och hans nya partner. Wulf hade rättat sig efter dem för Olivia ville inte göra människorna som hade hand om showen upprörda eller arga. Och också eftersom han visste att det fanns andra män på Kolonin som verkligen behövde hitta en partner.

Män som mig.

Men ändå hade det blivit galet eftersom Wulfs odjur hade tagit över och gjorde en röra av allt. Scenen, programmets schema. Allt. Jag höll mitt odjur under strikt kontroll så att inte något som Wulf gjorde skulle hända med mig. Men om Maxim nekade min partner, skulle jag inte kunna hålla mig från att göra vad som var nödvändigt för att behålla Angela. Jag hade inte ens varit på huvudscenen ännu, så de skulle i alla fall vara säkra.

Han sneglade bort från skärmen, pratade lågt med någon, tittade sen tillbaka. "Jag bad Lindsey att vara med i detta samtal."

Hon hade varit PR-personen som organiserat programmet för att öka intresset för kvinnor som skulle bli frivilliga brudar. Från vad hon hade berättat, hade det blivit en ökning av brudtest fast showen inte hade gått som planerat. Wulf hade hittat sin partner, Olivia, men hon hade varit en sminkös för programmet och inte en deltagare. Nu hade jag hittat en städerska som var min partner. Igen, inte en deltagare.

"Jag ger dig hövligheten av ett kommunikationssamtal för att dela med mig av mina avsikter. Jag har återvänt till hotellet för att hämta mina armband så att jag på ett ordentligt sätt kan göra anspråk på Angela Kaur."

Maxim nickade, och tittade sen bort.

"Vad händer?" sa Lindsey och kom in i bilden av kommunikationssamtalet och satte sig i en stol jämte guvernören. "Hej Braun! Har du hittat den där glassaffären på jorden som Jorik berättade om?" Den där Gabriela jobbade?"

"Han hittade något annat. Sin partner," sa Maxim till henne.

Hon lyfte sina armar över sitt huvud. "Halleluja! Jag har aldrig gillat avrättningar."

Jag var nöjd över hennes entusiasm, men det var lite mer upprymt än vad jag förväntade mig. Och den grymma påminnelsen om mitt alternativ var inte så rolig som hon försökte vara. Människor hade ett sätt att prata på som kallades sarkasm, som inte användes på Atlan. Vad hon tyckte var humoristiskt lät annorlunda genom ett NPU. Jag var tacksam över att jag förstod engelska tillräckligt bra för att förstå att hon inte menade det bokstavligen.

Att skämta om en Atlans parningsfeber och stundande avrättning var inte ett normalt ämne att göra narr av. Fast ändå, Lindseys hjärta var i hennes ögon, och hon lutade sig mot kommunikationsskärmen med uppenbar iver.

"Det är verkligen fantastiskt Braun. Du förtjänar det. Är det den söta rödhåriga deltagaren från Arizona? Jag såg henne och tänkte direkt att ni två skulle komma överens."

Jag rynkade på ögonbrynen, tänkte igenom alla deltagare jag hade sett i korridoren, och jag kunde inte föreställa mig henne. Såklart. Jag kunde inte föreställa mig någon annan kvinna än Angela nu.

"Nej. Hon är en städerska som jobbar på hotellet."

Hon blinkade. "En städerska. Som i att det är hennes jobb?"

"Som i en hotellstäderska som inte är en del av *Bachelor: Odjuret* programmet," klargjorde Maxim.

"Åh shit," viskade hon. "Jag kopplar in producenten. Vänta, han är ledig på grund av förseningen. Jag måste låta Chet veta."

"Jag hörde att programmet stod stilla. Vad var problemet?" frågade Maxim. "Inte din partner?"

"Ögoninflammation," sa jag.

Han rynkade på ögonbrynen. Uppenbarligen hade han inte fått höra detaljerna om vad som hände på jorden, men han var guvernören, inte den som organiserade programmet. Jag hade ringt upp honom, inte för att prata om showen utan för att informera honom att jag hade hittat min partner eftersom det hade varit hans val att skicka hit mig. Jag kände en plikt att berätta för honom först. Jag var skyldig honom mitt liv.

Och nu skulle han välja en annan för att ta min plats.

Kanske Lindseys rödhåriga deltagare från Arizona skulle vara av intresse för någon annan. Jag hade hittat min kvinna, med sitt svarta hår, mörka ögon, och mjuka, bruna hud. Jag ville inte ha någon annan. Hon var snäll och omtänksam, accepterade min kontamination, och jag hoppades att hon började bry sig om mig. Hon var perfekt.

"Vänta lite," sa Lindsey. Hon grejade med något och gav inte Maxims förvirring någon uppmärksamhet. Jag väntade tålmodigt. Nätt och jämnt.

Chets ansikte fyllde en ruta på surfplattan jag använde.

"Vad fan har hänt med dig?" frågade Maxim honom, och lutade sig fram för att se bättre.

Chets öga *var* rött och grusigt och... jag försökte att inte rygga tillbaka.

"Det är inget. En infektion. Jag kommer att vara okej om en dag eller två," sa Chet.

Maxim tittade på Lindsey för förtydligande. Hon lutade sig mot honom och viskade i hans öra. Han vände sig tillbaka till kommunikationssamtalet och harklade sig, ville tydligt inte nämna det mer. "Krigsherre Braun har hittat sin partner," meddelade han.

Ett av Chets ögon blev större—det som inte var rött. "Showen har inte ens börjat."

"Jag hittade henne utanför de kvinnliga deltagarna," förklarade jag.

"Var?"

Angela hade sagt att hon kunde sparkas för att ha spenderat tid med en gäst. Fastän hon skulle åka till Kolonin med mig istället för att jobba på hotellet, ville jag inte att hon skulle få problem. Jag ville inte att någon skulle undervärdera eller besvära henne på något sätt.

"Hennes namn är Angela Kaur. Hur jag träffade henne är inte relevant," sa jag till honom istället. "Jag kommer att hämta mina armband och kommer att göra ett officiellt anspråk på henne ikväll." Jag gillade aldrig idén av att min familjs parningsarmband inte skulle vara med mig. Jag hade gått med på det för att jag hade sett den lyxiga lådan de hade placerats i när Wulf var med i showen. Jag kom ihåg hur Wulfs hade visats för människorna under programmet, och mina skulle visas upp på ett identiskt sätt.

Fast jag hade fortfarande inte överlämnat dem. Tacka gudarna för det. Jag skulle inte behöva ha att göra med Chet eller några andra människor. Jag skulle ta med armbanden till Angela, be henne att bli min för alltid, och placera dem på hennes handleder. Ikväll. Jag skulle göra det ikväll. Tanken fick mig att le även när Chet jämrade.

Chets ansikte flammade upp i samma färg som hans infekterade öga. "Vi har ingen show. Igen!"

"Fast Chet, det finns en oändlig mängd värdiga män här på Kolonin," sa Lindsey med en lugnande ton. "Vi kommer att ersätta Braun med någon annan. Vi har tid att göra ett byte. Det var en försening, eller hur?"

Hon stirrade på honom skarpt. Programmet blev försenat för att han inte var hygienisk.

"Vem i helvete kan du skicka med så kort varsel?" skrek han praktiskt taget.

"Människor kommer inte att vilja se den här showen om odjur fortsätter att... vara odjur. Och deltagarna... kvinnor kommer inte vilja vara med om de inte ens har en chans."

Lindseys ögon smalnade. "Det fanns aldrig någon garanti att någon av krigsherrarna skulle hitta sin partner bland deltagarna. Jag vill påminna dig om att tittarsiffrorna den första omgången med krigsherre Wulf var de bästa av något program i USA:s Tv-historia, och det var för att partnern inte var en deltagare. Det sågs som romantiskt. Ödet."

Jag hade känt Lindsey ett tag, och för att vara en liten människa, ville inte jag vara den som var på andra sidan av hennes rappa tunga. Medan hon och Angela inte var lika alls, hade de liknande mod och attityd.

"Vad ska jag säga till deltagarna? Hemmapubliken?" kontrade Chet.

"Sanningen. Att krigsherre Braun har hittat sin sanna partner och återvänt till Kolonin."

"Så vem ska ta hans plats? Showen kommer att börja så snart som detta"—han pekade på sitt öga— "har försvunnit. En dag. Kanske två som mest."

Maxim tittade på Lindsey. "Krigsherre Bahre skulle vara ett fantastiskt val."

Lindseys ansikte lyste upp. "Ja! Perfekt." Hon fokuserade på Chet. "Det finns en fantastisk ersättare som bara väntar på att få träffa tjugofyra kvinnor. Vi skickar en annan krigsherre som blir nästa bachelorodjuret. Precis som Braun, lovar jag att han är stor, jättesnygg, en krigsherre, och en väldigt tillgänglig bachelor."

Jag suckade, glad över Lindseys påstridighet och struktur. Om jag hade gjort det på mitt sätt, hade jag gått till Chets rum och slagit han tills han accepterade att jag drog mig ur showen, men då kanske jag skulle få samma äckliga ögoninflammation. Min partner hade informerat mig om att sjukdomen var väldigt smittsam.

"Med allt det här löst, ska jag hämta mina armband och min partner. Tack för din hjälp, guvernör. Lindsey. Vänligen önska vem det nu blir ni skickar till jorden lycka till i jakten," sa jag, och avslutade kommunikationssamtalet. Detaljerna av Bahres, eller någon annan krigsherres resa till jorden för att ersätta mig var inte mitt problem. Jag hade en sak att ta hand om, en sak som betydde något för mig, och hon var inte här.

Jag tittade på klockan ännu en gång, och såg att det nästan var tid att återvända till Angelas hem. Hennes lektion borde vara över. Jag skulle se till att hon hade ätit och var bekväm, sen skulle hon bli tillfredsställd innan jag satte mina armband på hennes handleder.

Med min plan bestämd, gick jag för att ta armbanden. Jag borde väntat och bett Angela sätta på mina runt mina handleder, men mitt odjur slogs redan mot mig med en ny vrede. Han ville komma ut. Han ville ha Angela, het, våt, naken, och undergiven när han gjorde anspråk på henne. Jag kunde inte riskera att vänta. Jag behövde kontrollen nu.

Med ett leende jag kände hela vägen ner i mina tår, satte jag på mig de tunga armbanden runt mina handleder och välkomnade smärtan. De var designade att orsaka tillräckligt med smärta för att få odjurets uppmärksamhet, för att påminna mig att jag hade en partner även när jag inte kunde se henne. De var en fysisk och psykisk länk till kvinnan som ägde mig, mitt hjärta och odjur och min själ. Och det var dags att göra Angela min för alltid.

Jag placerade hennes mycket mindre parningsarmband i min ficka, och gick ut ur mitt rum med ett äkta leende på mitt ansikte.

Den här resan till jorden kunde inte ha gått bättre.

10

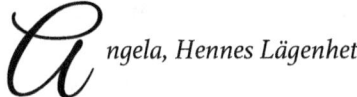
ngela, Hennes Lägenhet

JAG KUNDE HA KYSST VÅR LÄRARE FÖR ATT HON LÄT OSS GÅ HEM TIDIGARE. Jag hade knappt hört ett enda ord av vad hon hade sagt, och mina anteckningar såg ut som något jag kanske hade gjort i sjunde klass, med mitt och Brauns namn klottrat i hjärtan över hela sidan. Jag sa knappt hejdå till mina klasskamrater innan jag praktiskt taget sprang till min bil. Jag värkte på alla de rätta ställena efter att ha varit med Braun. Igen och igen. Att säga att han var omättlig var en underdrift.

Men bara för *mig*. Det var det jag hade väldigt svårt att förstå. Var han seriös? Var jag hans valda partner? *Den rätta?* Verkligen? Och vad betydde det exakt? Förväntade han mig att jag skulle lämna min familj och bo på en annan planet?

Skulle jag göra det? Kunde jag göra det och vara lycklig?

Så många frågor. Möjligheterna snurrade runt i mitt huvud som en hundvalp som jagade sin svans. Ja. Nej.

Kanske. Jag visste inte. Det var det viktiga. Jag visste ingenting. Inget säkert.

Eller, det var en lögn. Jag visste att jag höll på att bli kär i en utomjording. Jag visste att han rörde vid mig som om jag betydde något, som om jag var hans värld och han skulle aldrig få nog. Jag visste att han lyssnade på allt jag hade sagt och kom ihåg det jag berättat för honom. Jag visste att han agerade respektfullt mot mina föräldrar och farfar, vilket var något som dumma Kevin aldrig hade kunnat göra.

Och orgasmerna? Herrejävlar, orgasmerna. Så många. Så bra. Jag hade aldrig känt mig som en sexgudinna, inte någonsin i mitt liv. Men det gjorde jag nu. Jag kände mig sexig och vacker och mäktig. Och allt det för att en enorm utomjordingsman hade valt mig. Mig!

Galet. Det var bara för galet för att vara sant. För bra för att vara sant. Braun var underbar. Fantastisk.

När jag körde runt hörnet och åkte ner på min gata kunde jag inte hålla tillbaka ett leende. Braun var ett odjur. I sängen och utanför.

Med honom hade jag varit vild. Jag hade aldrig varit pryd, men jag hade inte initierat sex så mycket hellre. Sexet jag haft tidigare hade inte varit så bra. Jag hade inte vetat det förut, men nu visste jag det jävligt tydligt. Braun var en skicklig älskare. Generös. Uppmärksam. Jag kom först och mer än en gång. Han såg till det.

Han tog hand om mig i allt han gjorde. För att vara en sådan enorm man, var han så försiktig med mig. Jag höll på att förvandlas till en kärlekskrank idiot. Och sexgalning.

Men precis som när jag var tretton, tänkte jag förmodligen sagolikt. Braun skulle vara med i *Bachelor: Odjuret* programmet. Fast han hade spenderat de två senaste dagarna med mig, hade han tjugofyra kvinnor som också ville ha hans uppmärksamhet.

Jag körde upp på min upplysta parkering och saktade ner, med rynkade ögonbryn. Jag lutade mig för att se ut genom passagerarfönstret. Min soffa stack ut från bakdelen av en pickup. Vad i—

Fan ta mig.

Jag kände igen den lyxiga pickupen. Kevins. Den med hissen, de fina hjulen som aldrig sett smuts. Han hade ett fordon värt mer än vad jag tjänade på ett år och hade bestämt sig för att stjäla min begagnade soffa? Vad i helvete höll han på med?

Precis då kom han ner för huvudtrappan med min kastrull och satte den i soffan tillsammans med allt annat han förmodligen hade stulit. Som vanligt hade han på sig en golftröja och bermudashorts med loafers och inga strumpor. Han klädde sig som om han precis kommit från en privatklubb men stal min jäkla kastrull. När jag kom närmre märkte jag de små humrarna som var broderade på hans beiga shorts.

Trevligt.

Hans hår hade mer produkter i det än vad jag någonsin använt. Det var bakåtslickat, vilket bara visade hur han höll på att bli tunnhårig. Hans vanligen sliskiga flin saknades, men jag kände igen blicken i hans råttögon. Blicken som sa att han visste att han gjorde något fel, men han hade på något sätt berättigat allt för sig själv och övertygat sin ärtstora hjärna—och elefantstora ego—att han hade blivit orättvist behandlad. Att inget var hans fel. Att världen var skyldig honom något. Eller, baserat på hur många saker jag såg i pickupen, att jag var skyldig honom allt jag ägde.

Skitstövel. Jag hade haft så rätt när jag dumpade honom. Nu ville jag bara att han skulle låta mig vara. *Hålla sig* borta. Jämfört med Braun var han ett skämt. En absolut skam till man.

Jag parkerade på den närmsta parkeringsplatsen och gick ut, lämnade min datorväska på golvet och låste bilen bakom mig. Jag ville inte att han skulle stjäla min laptop. Om han tog en jävla kastrull skulle han definitivt vilja ha min dator.

Efter att jag låst dörren sprang jag fram till honom. "Vad i helvete håller du på med?"

Han vände sitt huvud för att blänga på mig, och gick sen upp för trapporna igen. "Jag trodde att du hade en lektion ikväll."

Jag stormade efter honom, upp för tre trappor och in i min lägenhet, och slängde igen dörren bakom mig. Han sträckte sig bakom Tv:n för att dra ut sladdarna. "Den är inte din. Det är inte heller soffan du stulit... mirakulöst helt själv." Han hade vägrat att hjälpa mig flytta in i lägenheten, skyllt på att hans knä inte kunde hantera alla de trapporna.

Efter att ha varit med Braun i två dagar, såg Kevin tanig ut. Liten. Svag. Fast den inte var stor, måste han gå på något för att bära ner soffan de tre trapporna ensam. Kanske hade han haft en vän som hjälpte honom med soffan och sen stuckit.

"Den är min nu."

"Den jävla kastrullen? Du kan inte ens laga mat! Stjäl du den åt ditt hembiträde?

"Jag kunde inte betala för hembiträdet. Hon har slutat."

Precis vad jag trodde. Han var skyldig sin vadförmedlare.

Jag stod mellan honom och dörren, och andades tungt. Jag var inte tillräckligt vältränad för att springa upp tre trappor. På grund av värmen och luftfuktigheten, till och med klockan nio på kvällen, rann det svett mellan mina bröst. Det fanns inte en chans at han skulle bära upp min soffa för trapporna igen, och jag var inte säker hur jag ensam skulle kunna stoppa honom. Han kanske var

Skapad för Odjuret

mindre än Braun, men han var större än mig. Han hade aldrig varit våldsam tidigare, men jag var inte villig att ta risken.

Jag tog min mobil från fickan och ringde polisen. Jag visste inte vad han gick på, men det var säkerligen något. Ingen var såhär vansinnig. Polisen svarade, och jag ignorerade Kevin för att prata med växeltelefonisten. "Min ex-rumskamrat bröt sig in i min lägenhet och håller på att stjäla mina saker." Jag tänkte inte säga att han var min ex-pojkvän. Det skulle bara hälla salt i såret att jag frivilligt hade låtit honom vara i mitt liv.

Jag gav dem min adress, och hoppades att de skulle komma hit innan mitt ställe var helt tomt.

Han tittade upp från vad han höll på med och hans ögon smalnade. "De kommer inte tro ett skit på vad du säger. Jag är en Barrister. Inget kommer att fastna."

Med hans pappas namn hade han rätt. Colin Barrister var välkänd inom politiken. I sociala cirklar som hade några extra nollor på sina lönespecifikationer. De fick saker att hända i södra Florida. Jag var tvungen att undra vad i helvete som hänt med Kevin.

"Detta är mina saker," fortsatte han. "Du är skyldig mig."

"Jag är inte skyldig dig något, din idiot. Du försvann med min hyra. Och du stal pengarna för min farfars medicin. Du vet att han har cancer. Vilken typ av människa gör så?"

Kevin hade tagit hundratals dollar från kaffeburken som jag förvarade i frysen. Han visste att jag hade sparat det åt farfar, men han hade tagit varenda cent och förlorat det genom att spela. Ögonblicket jag hade sett att pengarna var borta avslutade jag vårt förhållande. Game over. Jag hade misstänkt att han hade tagit pengar från min plånbok tidigare men hade inte kunnat bevisa det. När jag hade konfronterat honom en gång hade han sagt att jag bara var glömsk och dålig med att hantera mina pengar. Den skitstöveln.

Jag hade inga tvivel på att han hade spenderat alla pengar som han haft som hans pappa hade gett honom och hade stora problem med någon, vilket förmodligen var anledningen till att han var tillbaka. Det finns casinos i Miami, men jag tvivlar inte på att det finns massa olika olagliga spel därute också.

"Vi bodde ihop," röt han. "Det som är ditt är mitt och allt det där."

"Det här är Florida. Det är inte en stat som följer de reglerna. Det som är mitt är *mitt*. Lämna Tv:n i fred," skrek jag och vevade med armarna i luften.

"Nej."

Gud, det verkade som om jag haft en bättre chans att prata med en vägg än med honom. "Hur kom du ens in här?"

Nu flinade han. "Nyckel."

Jag stängde mina ögon i en sekund. Så klart. Han hade gett tillbaka min nyckel när jag slängde ut honom, men det var antingen fel nyckel, eller så hade han gjort en kopia. Jag ville inte ens tänka på faktumet att han hade haft en nyckel till min lägenhet i flera månader.

Med soffan borta såg stället större ut.

"Stick härifrån Kevin," sa jag, och hoppades på att han kanske—*kanske*—bara skulle gå.

Han korsade sina armar över bröstet. "Nej. Jag behöver den här skiten, och du ska ge den till mig. Du är *skyldig* mig."

Kevin hade sagt det två gånger nu. Jag slängde mina händer i luften. "För vad? För att du är en skitstövel? För att du stal pengar från mig?"

"Du kastade ut min skit när det regnade. Allt förstördes."

"Du stal medicinpengar jag hade sparat till en gammal man som har cancer!"

Han blinkade inte ens åt hur stor skitstövel han var och fortsatte att koppla ur min TV. Han drog kontakten ur väggen och ryckte upp Tv:n i sina armar.

"Ur min väg." Han tog ett steg mot mig, men jag vägrade att flytta mig.

"Nej. Den är inte din. Polisen är på väg," sa jag igen, osäker på om han ens hade hört att jag ringt dem. "Jag vet inte vem du är skyldig pengar, men den Tv:n är inte värd mycket. Gå härifrån Kevin."

"Ur min väg, bitch."

Någon knackade. Lättnad fyllde min kropp över hur snabbt polisen hade kommit. Men när jag öppnade dörren var det inte polisen, utan Braun. Ännu bättre. Han behövde bara titta på Kevin och det skulle skrämma skiten ur honom.

"Hej Angela." Hans röst var försiktig och mjuk, men han såg lika seriös ut som vanligt. "Jag har något jag behöver berätta för dig."

"Vem i helvete är det?" fräste Kevin. "En annan man, Ang? Vem skulle vilja ha en torr slampa som du?"

Brauns ögon smalnade och hans käke spändes. Så mycket att jag trodde att hans tänder skulle gå sönder. Ett djupt muller hördes från hans bröst medan han försiktigt flyttade mig ur vägen så att han kunde komma in, han fick ducka med sitt huvud.

Jag var så glad att han var här att jag nästan brast ut i tårar. Han var på min sida. Min. Och han var stor. Och muskulös. Och han hade på sig något jag bara sett på TV tidigare, ett par stora, tunga parningsarmband.

Var det vad han ville prata med mig om?

Varför hade han på sig dem? Jag trodde att odjuren—Atlanerna—bara satte på sig dem efter att de hade gjort anspråk på en partner. Och han har inte gjort anspråk på mig, så vad är det som händer?

"Perfekt, bitch. Du har redan gått vidare, eller hur? Jag visste att du var en hora."

Jag kände mig generad, hora-kommentaren stack till fast Kevin var full av skit och hade ingen rätt att kalla mig något, speciellt inte *slampa* eller *hora*. Oförskämt. Braun morrade och jag var tvungen att röra mig mot köket för att se Kevin runt Brauns kropp. Kevins ögon var stora som tefat, och hans mun var öppen.

"Kallade du precis denna kvinna ett nedsättande ord? Två gånger?" Brauns röst var djup. Och arg.

Kevin svalde hårt men sa ingenting.

"Vänligen presentera mig Angela." Fast han pratade med mig var hans blick på Kevin.

"Detta är Kevin."

"Den du berättade för mig om?"

"Ja."

"Den som stal dina pengar, pengar menade för en respekterad och sjuk äldre man?"

"Ja."

"Har jag rätt om jag antar att det är din soffa i ett fordon nere på parkeringen?"

"Ja."

Brauns röst blev djupare och djupare med varje ord.

Oscar balanserade på kanten av en stol och tittade på Kevin.

"Dumma jävla katt." Han sparkade och välte stolen. Oscar fräste argt men rusade iväg oskadad.

Braun svepte ut sin arm och använde den för att flytta mig ännu längre ur vägen, så hans kropp stod stadigt mellan mig och Kevin. Jag rörde mig längre mot köket.

Kevin höll fortfarande Tv:n, nu framför sin kropp som en sköld.

"Vem i helvete är du?" frågade Kevin, full av falskt övermod. Varje annan mänsklig man skulle ha skitit på sig nu, vilket bara pekade ännu starkare på att han hade tagit någon slags drog. Eller kanske var han bara så desperat att han var villig att riskera att bli nedslagen över de få pengarna han kunde få för mina saker i en pantbank.

"Jag är krigsherre Braun, och du ska sätta ner Tv:n. Du ska också lämna tillbaka allt annat du har stulit."

"Denna skiten är min. Hon är skyldig mig."

Braun korsade sina armar, och ett djupt morrande kom från hans bröst. Jag var säker på att han växte större, men det var omöjligt.

Nej...

Åh shit.

Det skulle vara hans odjur.

Med armarna löst vid hans sida tog han ett steg mot Kevin. Kevin tjöt till och tog ett steg bakåt, men satte inte ner Tv:n. Istället backade han mot den fortfarande öppna dörren, hållandes Tv:n. "Alltså, mannen, jag vill inte ha några problem. Jag tar det som är mitt och sen går jag härifrån."

"Nej." Braun följde efter Kevin genom dörren, och jag skyndade mig bakom honom, såg hur Kevin backade mot den öppna cementtrappan medan en polisbil med sirener och lampor kom fram på parkeringen under oss. Korridoren var öppen, likaså trappan, och jag såg två poliser gå ut ur bilen och skynda sig mot botten av trappan.

Kevin hörde dem också, vände sig runt och vågade titta bort från Braun tillräckligt länge för att titta ner mot parkeringen. Förmodligen för att tänka ut hur lång tid han hade kvar för att komma undan med att stjäla mina saker. Polisen hade parkerat på fel sida av byggnaden, men ändå skulle Kevin vara tvungen att hantera dem om mindre än en minut.

"Kevin, bara lämna Tv:n," sa jag. "Vi kan till och med hjälpa dig att lasta ur pickupen. Men polisen är här, och du kan inte ta allt jag äger för att betala av en till dum spelskuld."

Hans ögon blev runda när Braun tittade på honom, men han tog ett steg till bakåt, mot trapporna. "Denna är min."

"Var inte en idiot. Bara sätt ner den och gå härifrån." Jag lutade mig runt Brauns breda rygg för att prata med Kevin och tror inte att jag sett något annat än rädslan som drev honom. När jag först hade träffat honom hade han varit charmig, välklädd, och en erfaren flört. Lägg till hans familjs pengar och han hade varit nästan oemotståndlig för mig då. Tills jag hade fått reda på sanningen, att han var tom och desperat och rädd. Allt annat var en fasad. "Ring din pappa. Han kan hjälpa dig. Hur mycket det än är, eller vem du än är skyldig, kan han hjälpa dig."

Kevin skakade på huvudet. "Nej. Han har redan sagt nej."

Jag flämtade nästan av chock. Kevin var en av de mest bortskämda människor jag någonsin träffat. Ett telefonsamtal och han fick vad han än ville. Kevin hade aldrig stött på några konsekvenser. Någonsin.

Jag hörde ett oväsen och vände mig för att se poliserna komma upp för trappan.

"Fan." Kevin måste ha hört dem också. Han vände sig och försökte att springa därifrån.

Men han var hög eller full eller bara frenetisk. Han missade det första trappsteget och snubblade med ett skrik. Tv:n stöttes mot hans kropp med en duns som fick mig att

Skapad för Odjuret

rygga tillbaka samtidigt som Kevin viftade med armarna på vägen ner för trapporna.

Det sista jag hörde var en vidrig knakning innan han slutade upp i en hög på marken mellan två våningar.

Med Tv:n på hans bröst stirrade han upp med vida ögon. Helt stilla. Blod började snabbt fylla cementen under hans huvud, och hans kropp var förvriden i en onaturlig position.

"Herregud." Jag skakade medan Braun andades ut och drog mig nära sitt bröst, blockade min syn. "Vi måste kolla till honom."

"Han är död. Han kommer inte att störa dig igen."

Detta var inte vad jag ville. Eller, det *var det*—att inte störa mig delen. Inte den *döda* delen.

Jag hade helt glömt av polisen tills en kvinna harklade sig. "Fröken Kaur?"

Jag nickade mot kvinnan. "Ja. Jag ringde er."

"Fröken, vad som än hänt här, måste jag informera dig om dina rättigheter. Du har rätten att vara tyst. Allt du säger kan användas mot dig i en domstol. Du har rätt till en advokat."

Den kvinnliga polisen fortsatte att berätta om mina rättigheter medan jag vände mig från Brauns omfamning för att se hennes partner—som inte hade gått förbi Kevins kropp i trappan—luta sig ner för att kolla hans puls. Polisen lutade Kevins huvud åt sidan för att se såret i hans skalle. Blod fyllde hans handflator. Detta var inte bra. Verkligen inte bra.

Jag tittade upp på Braun, men där fanns inget tecken på hans odjur. Bara lugna, kontrollerade Braun.

"Är... är han död?" Jag hade inga tvivel på att Braun hade mer erfarenhet med döden än jag någonsin haft. "Hur vet du säkert?" Kanske var jag i chock. Kanske var jag en sämre sjuksköterskestudent än vad jag trodde eftersom jag frågade den galna frågan.

Han tittade på mig, och det fanns ingen rädsla i hans blick, ingen upprördhet. Bara acceptans. "Mina integrationer förbättrar min syn. Jag kan inte se några elektriska impulser röras i hans hjärta."

"Hans hjärta har stannat?" Jag tittade ner på Kevin igen och polisen ställde sig upp, lyfte en radio som satt fast på hans axel till sina läppar och sa några siffror som förmodligen betydde något för honom och—

"Rör er inte. Ingen av er. Händerna där jag kan se dem."

Braun hade inte rört sig i vilket fall, och han höll sig stilla nu.

"Han är inte den dumma mannen. Han är," förklarade jag, och pekade ett skakigt finger på Kevin. "Han bröt sig in i min lägenhet när jag var i skolan och höll på att stjäla mina saker."

De två poliserna kanske hade hört vad jag sagt, men de hade aldrig träffat på någon av Brauns storlek förut. De såg lite utflippade ut. En var i fyrtioårsåldern, med grått hår och mustasch. Kvinnan var yngre, kanske i min ålder.

"Ni såg pickupen på parkeringen med min soffa i den," la jag till.

"Är det anledningen till att du puttade ner honom för trappan?" frågade den äldre polisen.

Jag skakade på huvudet. Chockad. "Va? Nej. Det är inte vad som hände."

"Han är mannen från showen, Atlanen," sa den kvinnliga polisen. "Utomjordingen."

"Jag bryr mig inte om vilken planet han är från. Kommissarierna är på väg. Obducenten också." Den äldre polisen gick uppför trappan långsamt, med handen på sitt vapen som om han var redo att använda det. "Båda två, ner på era knän. Händerna bakom huvudet," beordrade han. "Nu!"

Braun gjorde som han sa.

"Vänta!" Jag ställde mig framför honom. "Han har inte gjort något fel."

"Fröken, du också. På dina knän."

"Jag? Det är min lägenhet."

"Och det ligger en död man nedanför trappan. På dina knän. Nu."

Även med mina ben skakandes, satte jag mig på knäna jämte Braun, med mina händer uppe i luften framför mig.

"Angela Kaur av jorden är oskyldig. Det finns ingen anledning att vara hotfull mot kvinnan," varnade Braun.

"Vi vet inte exakt vad som har hänt här." Den äldre polisen pratade.

Den kvinnliga polisen blängde på Braun. "Och du är en utomjording."

"Ja, jag är medveten om att jag inte är från denna planet."

"Så?" frågade jag. "Det gör inte honom farlig. Kevin är den som är hög på droger och bröt sig in."

"Han är också död."

"Det är okej, Angela." Braun vände sin behärskade blick till mig. På sättet hans käke var spänd och ådrorna i hans hals buktade ut, visste jag att han var arg. Och ändå var han kontrollerad som vanligt.

Den äldre polisen tog ett par handbojor från sitt bälte och fängslade mig med händerna bakom ryggen. Braun morrade, men han tittade på mig och jag skakade på huvudet. "Nej, Braun. De gör bara sitt jobb."

"Du ska inte skada kvinnan," beordrade Braun, fastän faktumet var att polisen definitivt bestämde här.

När det kom till Braun, försökte den yngre polisen att

sätta på handbojor på hans handleder. "Skit också. Handbojorna är för små. Vad i helvete gör vi med en utomjording?"

"Helvete om jag vet. Ring showen. De måste ha någon som kan möta upp med honom på stationen så att de kan fundera ut vad som ska göras."

"Ring inte *Bachelor: Odjuret* organisatörerna. Jag är inte längre associerad med showen."

Jag slängde runt huvudet för att titta på Braun. Han var inte med i showen? Varför? Var det på grund av mig? Vad är det som händer? Poliserna pratade över våra huvud som om vi inte ens var där.

"Utomjording eller inte, vi måste ta med honom in och förhöra honom."

"Jag tror inte att han får plats i baksätet av vår polisbil," sa kvinnan.

"Skit," muttrade den andra och skakade långsamt på huvudet.

"Jag ringer det Interstellära Testcentret för Brudprogrammet. De hanterar alltid utomjordingar."

Jag hade panik, synen av Kevins livlösa ögon fick mig att rycka till varje gång jag sneglade åt hans håll. Han hade gjort detta mot sig själv, men jag tyckte fortfarande synd om honom. Han var inte en trevlig man, men han förtjänade inte att dö. Inte såhär.

En tår rann ner för min kind, och jag använde min axel för att torka bort den. Braun tittade på mig.

"Han är inte värd dina tårar, Angela. Han hade sårat dig igen och igen," viskade han.

"Jag vet."

Brauns blick mjuknade, och där var det uttrycket som jag började förlita mig på. Kanske till och med älska. "Ditt hjärta är för känsligt."

"Jag kan inte hjälpa det."

Han nickade. "Du vill läka. Jag är en krigare. Jag kommer att skydda dig om du tillåter mig."

Jag nickade. Ja. Jag ville det. Jag ville ha honom. Även med en död man utanför min lägenhet, handbojor runt mina handleder, och två poliser som tittade på mig som om jag var misstänkt, kände jag mig säker. Tack vare en utomjording.

Livet var konstigt och underbart och fullt av överraskningar.

"Kommissarierna är fem minuter bort."

"Bra." Den äldre polisen tittade ner på oss. "Ni två rör er inte. Förstår ni?"

Ingen av oss sa ett ord, men jag lutade mig närmre Braun, och när han la en arm runt mig vågade inte ens polisen säga till han att sluta.

11

DE KALLADE PÅ NÅGOT SOM HETTE PIKETBUSS FÖR ATT HÄMTA MIG. Jag hade ingen aning om vad det betydde, men det var ett fordon som var tillräckligt stort för att transportera mig från Angelas lägenhet till polisstationen. Angela hade tagits med av de två poliserna som var först på plats. Eftersom en var kvinna, kände jag mig bättre över hennes säkerhet, fast mitt odjur var inte glad att hon hade blivit fängslad *och* tagen ur mitt sikte.

Jag morrade i vrede men tvingade ner mitt odjur. Jag skulle inte vara någon hjälp till henne om mitt odjur tog över.

Jag hade ingen aning om hur reglerna på jorden var i situationer som denna. Människan hade snubblat och trillat av sig själv. En olycka. Jag skulle försäkra mig om att Angela förblev oskyldig av alla brott. Det var mitt fel att han flydde från hennes lägenhet. Jag hade tillåtit mitt odjur att

Skapad för Odjuret

komma fram och tappade kontrollen, även om det bara var lite.

Människan, Kevin, hade gjort henne illa tidigare. Inte fysiskt, men känslomässigt. Han hade stulit från henne. Stulit från hennes modiga farfar. Och sen när jag kom tillbaka för att göra anspråk på henne, var han mitt uppe i att stjäla från henne igen.

Angela var för liten och godhjärtad för att vara ett hot mot en människa som honom, men han hade varit rädd för mig. Jag gillade inte mobbare, och jag skulle skydda min partner på alla sätt och vis.

Det verkade som att det hade gått sådär eftersom hon nu förhördes och hölls separerad från mig.

De hade placerat mig i en cell, och verkade inte riktigt säkra på vad de skulle göra med mig. Jag hade hållit mitt odjur kontrollerat, som vanligt, och hade inte gett dem någon anledning till att känna sig hotade. Utan handbojor fanns det inget sätt för dem att försäkra sig om att jag inte skulle göra något farligt i ett förhörsrum. Därför blev det cellen. Om de visste att gallret var som pinnar jag kunde ta sönder med en enkel vridning av min handled, hade de inte lämnat mig utan tillsyn.

Det fanns inget på jorden som kunde fängsla mitt odjur. Inget kapabelt till att stoppa honom.

Förutom Angela Kaur.

Jag hade ingen klocka, inget sätt att veta hur lång tid som passerat medan jag var fast här. Det fanns inga fönster i denna kalla, sterila byggnad. Det var en svag påminnelse av fängelsecellen på Atlan som jag skulle hamna i om jag inte fick mina armband runt Angelas handleder snart. Jag kunde inte göra det från inom dessa väggar, och jag kunde inte göra det utan Angelas medgivande.

Tacka gudarna att jag fortfarande hade hennes

parningsarmband i min ficka, annars skulle mitt odjur slita isär denna byggnad för att hämta dem—och min partner.

Var i helvete var hon?

Ingen hade pratat med mig. Ingen hade förhört mig. Ingen svarade när jag bad om att få träffa min partner. Jag visste inget om vad som hände utanför väggarna av den här cellen. Mitt odjur ville riva ner gallret och hitta Angela, skydda henne som en varelse med klor och döda allt och alla som vågade komma nära. Men jag var inte ett odjur. Jag var en Atlansk krigsherre, en man som hade kämpat med allt jag hade för att hålla min heder intakt. Jag skulle inte förlora den kampen nu när jag hade hittat min partner.

Jag skulle inte upprepa min pappas misstag.

Att raska fram och tillbaka i den lilla cellen gav mig inget utlopp för min frustration. Jag var på gränsen när det kom till att kontrollera mitt odjur. Jag hade aldrig känt mig så här okontrollerad, så här vild. Jag drog i mitt hår, försökte att röra mig för att få bort energin som långsamt växte i mitt bröst som en storms vind som ökade i styrka. Mitt odjur var på gränsen. Jag var på gränsen.

Hur vågar de hålla min partner borta från mig! Lämna mig utan några svar angående hennes säkerhet. Hennes välmående. Jag var en krigsherre med parningsfeber som behövde träffa sin partner nu. NU!

Precis när jag tänkte riva bort gallren från väggarna, hördes tunga fotsteg i korridoren, och guvernör Maxim från Kolonin var där. Tillsammans med honom var en kvinna som bar det Interstellära Brudprogrammets uniform. Ah, jag kände igen henne från när jag först kom till jorden.

"Jag kommer inte att lämna henne," muttrade jag, gissandes över vad som skulle hända härnäst.

"Lugn," sa Maxim, med sina händer uppe, som om det skulle stoppa mitt odjur.

Skapad för Odjuret

"Förklara och förklara snabbt, guvernör, annars kommer mitt odjur frisläppas för att hitta min partner i denna byggnad."

Han sneglade på kvinnan, sen tillbaka på mig.

"Shit, detta kommer inte gå bra." Han suckade. Jag gillade inte hans ord, hans ton, hans attityd. Hans närvaro.

Kvinnan, väktare Egara, talade. "Krigsherre Braun, det sägs att du har brutit mot Floridas och USA:s lagar. Eftersom du inte är en invånare på jorden, står du utanför jurisdiktionen av deras lagar. Därför har domaren som leder ert rättsfall bestämt att för att lösa problemet snabbt ska du förvisas från planeten och kommer att deporteras till Kolonin med omedelbar verkan."

"Var är min partner? Hon ska följa med mig," svarade jag genom ihopbitna tänder. Jag tog tag i gallret, redo att knäcka dem om jag var tvungen för att komma till henne. Jag hade inga problem med att lämna jorden bakom mig. Inga. Deras lagar och männen som kränkte deras kvinnor, de som Kevin, kunde dra åt helvete. Ju snabbare Angela och jag kom bort från denna primitiva planet, desto bättre.

"Angela Kaur håller fortfarande på att förhöras," sa kvinnan. "Som verkställande väktare för det här området av det Interstellära Brudprogrammet, är jag den officiella mellanhanden mellan Koalitionen, den mänskliga polisen, och guvernör Maxim. Människorna vill inte ha ett spektakel involverande en utomjording och det vill inte Prime Nial heller."

"Fan. Prime har vetskap om detta?" Gudars skymning, jag hade fler problem än vad jag hade tänkt. Prime Nial var ledaren av hela Koalitionen av Planeter, befälhavaren av Koalitionens flotta, och den som hade sista ordet i allt. Hans ord var lag så länge det gällde flottan. Och Kolonin var i hans jurisdiktion, samt alla veteraner som hade kämpat i

Kupans krig. Vi avlastades inte vår plikt och skickades till våra hemvärldar. Tekniskt sätt var jag fortfarande under Prime Nials direkta ledarskap.

"Det har han. Och han önskar att denna incident inte skapar några problem med Brudprogrammet. Om mänskliga kvinnor tror—även felaktigt—att en av våra män mördade någon, kommer de frivilliga att sjunka och många krigare kommer att lida utan sin brud."

"Var är min partner?" upprepade jag. Jag var tvungen att komma härifrån. Snabbt. Jag kunde inte fördöma mina soldatbröder till ett liv utan en partner på grund av en mänsklig skitstövel som Kevin. "Jag kan åka, men jag kommer inte att lämna min partner."

Hon höll kvar sin blick i min, orädd över morrandet i mina ord. "Hon är inte arresterad. Hon förhörs över vad som hände igår kväll och kommer att släppas snart."

"Snart är inte tillräckligt bra. Hon är min partner," sa jag, och påpekade det uppenbara. "Hon kan inte skadas på något sätt."

"Din partner kommer inte att skadas; men det som hände igår kväll har skapat en röra. Personen som dödades var inte en okänd man. Han var sonen till en framträdande politiker av staten."

Jag ryckte på axlarna obrytt. "En fullvuxen man är inte sina föräldrars ansvar."

Hon nickade mot mig. "Det är sant. I de flesta fallen. Men den döda mannens pappa, Colin Barrister, har både mycket pengar och makt. Han är inte glad."

"Hans son dog i en tragisk olycka. Jag sympatiserar med hans förlust. Det är en tragedi. Men mannen var olagligt inne i Angela Kaurs hem och stal från henne. Från vad hon har berättat är det inte första gången han har agerat så

Skapad för Odjuret

skamfullt. Om han inte hade stulit hennes saker, hade han inte varit död."

"Allt det är sant. Från vad polisen har upptäckt, har han... hade han spelproblem."

"Och andra problem," la jag till. Detta var inte tiden att läxa upp denna kvinna med stenansikte om hur en man av heder behandlade och tog hand om sin partner, eller någon kvinna för den sakens skull.

"Ja. Fast Colin Barrister har ingen avsikt att avslöja något om sin sons problem, eller hur han dog, för världen. De kommer att begrava detta, Braun, med villkoret att du inte är här för att säga emot dem."

Mina ögon smalnade. "Vad betyder det?"

"Du ska deporteras omedelbart," konstaterade Maxim, som äntligen bröt sin tystnad. Hans ton sa att det inte skulle vara en diskussion.

Jag vände min blick till honom, "Jag har inte gjort något."

"En människa är död. Du var involverad."

"Som jag sa, Angela Kaur har inte gjort något förutom att hantera en ohederlig man som stal från henne."

Hon nickade. "Ja. Jag vet det. Polisen vet det. Hon kommer att släppas fri inom några timmar."

Jag nickade. "Bra. Jag kommer att vänta på henne."

"Det går inte."

"Va?" Jag tog tag i gallret, och de började att böjas.

"Efter att nyheten släpps kommer det vara en fjorton dagars nedstängning av all transport till och från jorden," sa väktare Egara. "Jag kommer att samarbeta med Koalitionens diplomater och lokala politiker, inklusive Colin Barrister, för att lösa detta problem till allas belåtenhet."

"Nej." Nej. Jag brydde mig inte om vad väktaren sa. Jag brydde mig inte om vad guvernör Maxim sa. Och det gjorde inte heller mitt odjur. Angela var min. Vi skulle *inte* lämna henne här.

"Detta är nu ett interplanetariskt diplomatiskt problem och alla invånare som inte tillhör jorden ska transporteras från planeten," la Maxim till. "För att bibehålla relationen med Koalitionens planeter måste du åka härifrån omedelbart. Du kommer transporteras direkt från denna cell."

"Nej. Var är Angela?"

Innan jag kunde förstå vad Maxim gjorde, rörde han sig mot gallret och satte ett transportchip på mitt bröst.

Jag tittade ner på det, och mitt odjur blev rasande. Bröt sig fri. Jag tog tag i gallret och drog isär det, behövde komma till min partner, men gallret försvann. Det var borta och så även jag.

Från en sekund till den andra var jag inte längre på jorden men på en transportplattform på Kolonin.

"Partner. Nu," vrålade jag till Maxim.

Han tog ett steg bakåt men flydde inte. Han stod ansikte mot ansikte med mig. "Nej. Lugna ner ditt odjur, krigsherre."

"Nej." Jag andades hårt, mina knytnävar spända, och jag stormade ner för trapporna och över till kontrollerna.

"Som väktare Egara sa, har alla transportkoder till jorden låsts," sa Maxim. "Det finns inget sätt att komma till planeten tills Prime Nial och den mänskliga regeringen har kommit till en överenskommelse.

Jag svängde runt, och blängde.

"Du är förvisad från jorden. Lyssna, Braun. *Lyssna.*"

Jag försökte att lugna ner mig, men det var omöjligt. Min partner var inte någon annanstans i byggnaden, utan ljusår iväg. Ensam. Med väpnade poliser runt omkring henne och ingen partner att skydda henne.

Skapad för Odjuret

Mitt odjur vrålade, och jag kände något som jag inte hade känt på år. Jag förvandlades, precis där, på transportstationen. Jag höll tillbaka odjuret från att ta sönder kontrollpanelen. Nätt och jämnt. Det var vår enda väg tillbaka till Angela.

"Partner!" vrålade jag.

"Ta hit Surnen," beordrade Maxim. "Nu."

Teknikern flydde.

"Situationen skulle vara skadlig för hela Koalitionen om ryktet av ett mänskligt mord spreds," sa han, och försökte att lugna mig.

"Oskyldig."

Han nickade. "Jag vet. Men den där politikerskitstöveln är arg. Sörjer. Han vill skylla på någon annan än sin son. Han har tillräckligt med makt för att göra det. Det kommer att ordna sig. Prime Nial har sagt till sin bästa ambassadör att hjälpa oss. Lord Niklas Lorvar kommer att göra allt han kan. Han blev också nyligen matchad till en mänsklig kvinna. Om någon förstår din besvärliga situation är det han. Jag har blivit tillsagd att han jobbar nära med sina jordkontakter för att öppna upp transportkanalerna. Det kommer inte dröja länge, Braun. Förlora bara inte kontrollen. Du vet vad som kommer att hända om du förlorar kontrollen. Angela kommer att vara förlorad för alltid för dig."

Gud förbannat. Fan. Han hade rätt, och odjuret visste det. Även med odjurets samtycke, kämpade jag att återgå till min vanliga form. Efter några långa minuter kunde jag prata. "Så, jag är fast här. Och hon är oskyddad." Jag kunde inte åka till jorden. Jag kunde inte åka till min partner. Odjuret rörde sig inom mig, och hade det inte varit för armbanden runt mina handleder, hade jag inte kunnat kontrollera honom. Även med armbanden, var det odjuret som sa hennes namn. "Angela."

"Hon är okej. Säker. Inga konsekvenser kommer att landa på henne som person. Från vad jag förstår, hittades Kevin Barrister medvetslös i sin säng. Ett krampanfall."

Jag visste inte vad det var, men det var en lögn. Jag brydde mig inte ett skit om hur den mänskliga regeringen vred och vände på den här situationen så länge som Angela var säker.

"Partner."

"Det finns inget som kan göras."

"Få hit henne." Jag pekade på transportplattformen.

"Hon har inte dina armband. Det finns inget protokoll."

Jag sträckte mig ner och rörde armbanden som var gömda i min ficka, de starka banden var fortfarande fast vid mitt bälte. Hade det bara varit några timmar sen jag hade åkt till hennes lägenhet för att göra anspråk på henne? Och nu var jag på en annan jävla planet utan henne. Ensam. Hon var ensam.

"Hon är min partner. Ändra protokollet."

"Jag har ingen makt. Ingen jurisdiktion över detta. Jag är ledsen krigsherre." Han drog handen över sitt bakhuvud. "Jag skickade dit dig för att hitta din partner, och nu har det här hänt. Jag ska göra allt i min makt för att få dig tillbaka till jorden för att göra anspråk på din partner, men tills transporten öppnar igen kan jag inte göra något."

Jag greppade tag i kanten av transportens kontrollstation och ryckte, drog upp det från golvet. Gnistor flög. Mitt odjur var ilsket. Vrålade. Så mycket för kontroll.

Vi hade andra transportplattformar. De kunde fixa denna.

Och det var antingen att döda transportkontrollerna eller att kämpa mot en fullt integrerad Prillon krigare som jag inte egentligen ville göra illa. Maxim var mer än en guvernör; han var min vän.

"Tvinga mig inte att bedöva dig, krigsherre."

Jag svängde runt mitt huvud när han sa det för att stirra på min ledare, mina händer höll metallbordet. Jag var borta från min partner utan möjligheten att återvända till henne. Vad skulle hon tro? Var hon okej? Säker?

Han drog sitt vapen från hållaren vid sitt lår. Jag hade inte ens märkt att han hade haft det på jorden.

"Ingen partner. Skjut mig." Jag kunde inte komma åt min kvinna, min partner, för att skydda henne. Smärtan var plågsam, min rädsla för henne steg varje sekund, ansträngde min kontroll över mitt odjur. "Gör det, innan jag tappar kontrollen."

"Fan ta dig, Braun." Maxim var inte nöjd.

Det gällde oss båda. Jag kastade kontrollpanelen genom rummet, och sen, med ett välriktat skott av guvernören av Kolonin, blev världen svart.

12

Angela

JAG VAR UTMATTAD. Överväldigad. Jag kunde knappt fungera och kunde definitivt inte tänka klart. Kevin hade brutit sig in och försökte stjäla mina saker. Han kom från en rik, framstående familj. Han hade inte behövt stjäla pengarna jag sparade till min farfar. Eller det var vad jag trodde. Men jag hade lärt mig att ju mäktigare och kändare ens förälder var, desto större chans var det att man dolde sina svagheter.

Colin Barrister var en framstående affärsman och politiker i området. Kevins pappa. Han hade varit charmig och älskvärd och hade designerkostymer och skor som förmodligen kostade mer än en månadshyra för mig. Jag hade bara träffat Herr Barrister en gång, och han hade varit lika perfekt falsk som hans falskbränna. Jag var säker på att han inte ens visste mitt namn, även efter att Kevin hade presenterat oss på en fest. Han hade nickat, låtsas vara intresserad i några sekunder, och rörde sig sen vidare för att prata med en senator eller miljonär eller något.

Den synen hade förföljt mig för det var då jag hade sett sårbarheten i Kevins ansikte. Den enda gången jag sett det öppna såret visas. Kevin var nästan trettio och försökte fortfarande att tillfredsställa en otillfredsställbar förälder. Den blicken hade köpt Kevin tre extra veckor av medlidande-dejter, eller det var i alla fall så jag föredrog att tänka på det. Han hade varit ledsen och ensam och vilsen. Och jag hade en förkärlek till att försöka fixa trasiga saker.

Men inte längre. Jag var färdig med trasiga män. Trasiga utomjordingar. Brutna lagar. Jag var trött på att vara omgiven av trasiga saker.

Jag hade ingen aning om Kevins pappa visste om sin sons spelskuld, men uppenbarligen hade Kevin varit desperat nog att stjäla från mig. Kevin hade verkat som om han hade mer än nog med pengar själv, men han hade slutligen berättat för mig att hans inkomst var en månadspeng. Pengar som hans pappa översåg.

Det hade bara gjort honom mer bortskämd. Att få allt han någonsin ville ha, fast under uppsikt, hade gjort honom både lat och paranoid över att hans kritiska pappa skulle ta allt från honom. Jag skämdes över mig själv för att jag sögs in i hans lyxiga livsstil, som hade varit falsk och tom, men jag hade dumpat honom till slut. En till förlorare att lägga i högen.

Innan Braun hade jag inte haft den bästa turen med dejtande. Fast ändå, jag hade inte valt Braun; han hade valt mig. När jag stängde mina ögon kunde jag fortfarande höra hans djupa, morrandes röst säga *min*.

Jag kunde knappt vänta tills jag fick träffa honom igen. De hade sagt till mig på stationen att Braun hade tagits av en kvinna som hette väktare Egara och en annan utomjording från Kolonin. Så jag väntade. Mina samtal till det Interstellära Bearbetningcentret för Brudar hade inte returnerats. Ingen berättade en jävla sak för mig utom att bekräfta att han hade transporterats. Kevin var död för att han hade sjunkit lågt nog att stjäla en jävla kastrull och en TV. Jag hade dragits tillbaka in i hans slarviga liv ännu en gång. Även om han var död var han fortfarande ett problem för mig, och nu för Braun också. Dumma Kevin hade rört ihop allt för oss båda. Men det måste kunna ordnas. Jag måste bara ha tålamod. Braun sa att jag var hans. Han skulle komma för mig. Kanske utomjordingspolisen var tvungna att förhöra honom också? Kanske det var därför det tog så lång tid för honom att komma till mig? Eller kanske hade han försökt, och jag inte var hemma?

Min lägenhet var en brottsplats. Jag hade fängslats och tagits till polisstationen. Jag hade förhörts i timmar och frisläppts precis innan skymningen. Jag hade ingen aning om vad som hänt med Braun efter att utomjordingen tagit honom. Han var inte från jorden. Han förstod inte vårt rättssystem eller våra lagar. Han hade inte gjort något fel förutom att vara där för mig.

Jag hade frågat människorna runt mig om honom, men ingen berättade något. Inte poliserna som hade tagit med mig till stationen. Inte kommissarierna som hade förhört mig. Inte ens den statliga försvararen som suttit med mig och lett mig genom utfrågningen. Ingen hade sett en enorm utomjording. Det fanns inget jag kunde göra förutom att skjutsas till hotellet och sätta på mig en av uniformerna som reserverats för nyanställda. Jag skulle packa min vagn och åka mot VIP-våningen och börja med Brauns rum. Prata med honom. Kanske var han där, sovandes. Tanken på att klättra upp i hans stora säng och krypa uppin i hans famn fick mig nästan att börja gråta.

Jag kom till jobbet, packade min vagn.

"Har du hört?" frågade Tina, när hon passerade mig i en av servicekorridorerna i källaren.

Jag höll på att omorganisera en hög vikta handdukar i min vagn så att de inte skulle trilla. "Vad?" Jag sneglade på henne över min axel. Hennes ögon var stora och upplysta, och hon verkade nästan munter.

"Det är en nytt bachelorodjur!"

Jag stelnade, svalde. "Va?"

Hon ryckte på axlarna, men leendet försvann inte. "Du hörde mig."

"Ja, men... va?" Nej. Det var inte möjligt, var det? Var är Braun?

Hon tittade åt vänster och höger, och jag glömde att andas. "Roderick hörde det från Jan, som hörde det från Julio, som levererade frukost till showens producenter. Det är allt jag vet, men de samlar alla deltagarna nu för att ge dem en uppdatering."

I min lägenhet hade Braun sagt till mig att han inte längre var med i showen, men det hade varit innan vi hade häktats. Eller, inte häktats. *Förhörts.* I handbojor. Om han inte skulle vara med i showen längre, kunde det vara på grund av vad som hände med Kevin? Men om jag hade släppts fri, hade Braun också det. Han var oskyldig. Han hade inte ens rört Kevin. Gud, Kevin Barrister måste vara den enda mannen otursam nog att bokstavligen döda sig själv med en TV.

Jag satte min hand på hennes arm. "Var är mötet?"

Hennes ögon vidöppnades bakom hennes glasögon. Hon var äldre, femtio någonting, med två små barnbarn och en man som avgudade henne. "Vilka rum ska du städa idag?"

Jag tog fram pappret med min lista, hon drog det från mina händer och tittade över det snabbt.

"I *Beachcomber*," sa hon, och viftade med sin hand. "Gå. Ta reda på vad som händer, och jag börjar med dina rum. Men kom till mig direkt när du vet."

En explosion av energi fick mig att krama henne. "Tack så mycket!" ropade jag när jag sprang ner längs den fuktiga korridoren för att ta trapporna till det lilla konferensrummet på andra våningen. Jag hade panik inombords. En ny bachelor? Det verkade inte vettigt.

När jag stod utanför de stängda dörrarna tog jag ett djupt andetag, och sen ett till. Mitt hjärta bankade hårt, och jag kunde inte bara storma in i rummet. Mitt jobb var att vara osynlig, och jag var tvungen att låtsas som om jag gillade det. Jag öppnade dörren tillräckligt för att klämma mig in, sen gick jag mot hörnan där vattenstationen låg. Jag låtsades organisera de använda glasen medan jag såg på i hemlighet. Och lyssnade.

Det var ungefär femtio personer i eventrummet. Rummet var uppsatt för konferens med rader av stolar som var riktade mot ett enda bord med tre mikrofoner och tre stolar som uppenbarligen var uppsatta för talare. Alla de tjugofyra deltagarna var på plats, fast jag brydde mig inte om att räkna dem. Förmodligen var det showens personal som fyllde upp de andra platserna. Jag kände igen Chet Bosworth som stod med en man och en kvinna vända mot allihopa.

"Det kommer att bli en försening i produktionen," sa mannen, och jag antog att han var producenten. Han sneglade på Chet. "Längre än den vi redan haft. Minst två veckor."

"Men finns det verkligen ett nytt odjur?" ropade en av kvinnorna.

"Ja. Han är en Atlansk krigsherre, precis som Braun. Guvernören från Kolonin har inte gett mig namnet på hans utvalda, men han kommer att vara allt Braun var och mer."

Jag fnös till. Ingen chans. Ledsen, mystiska Atlanmannen, men nej. Ingen var bättre än Braun.

"Den nya krigsherren kommer att anlända direkt från Kolonin *under dagen vi börjar att filma,*" sa kvinnan och harklade sig. "Han kommer inte att ha tid att göra något förutom att byta kläder och gå direkt till produktionen."

"Va? Varför?" Jag hörde mycket mullrande, sus av chock, och många halvgenomtänkta frågor.

"De vill inte förlora en till. Det är två av två." En av de kvinnliga rösterna sa orden, och jag insåg att de var sanna. Wulf med Olivia. Och nu Braun med mig. Alla dessa vackra kvinnor och inte en enda matchad ännu. Showens producenter måste vara förbannade.

Kvinnan som talade höll upp sin hand för att få tystnad, och den lilla gruppen lydde. "Jag har pratat med flera av krigsherrarna i ett videosamtal, och jag är säker på att alla av dem skulle vara en fantastisk ersättare för showen."

"Men vad har hänt med Braun?" frågade en annan.

Ja, vad har hänt med Braun? Mitt hjärta hoppade upp i halsgropen medan jag väntade på ett svar. Braun borde sova nu, utbredd i en konstig vinkel över den stora sängen i hans svit.

"Krigsherre Braun har hittat sin sanna partner och har återvänt till Kolonin."

Jag frös till. Försökte att svälja. Jag stirrade rent ut sagt på producenten nu, låtsades inte ens att göra något annat än att lyssna.

"Hittat sin partner?" Det var rum 1214 som pratade. Olikt de andra, ställde hon sig upp när hon frågade sin fråga. Hon såg slank och perfekt ut. Och bitchig.

Chet Bosworth harklade sig, lyfte sin hand som för att gnugga sitt öga, sen sänkte den snabbt. "Ja."

"Du menar att han har blivit matchad?" frågade hon, och sneglade sen ner på de andra kvinnorna runt henne. Viskningar började höras.

"Han har hittat sin brud, så ja," sa den manliga producenten. "Han tog sina parningsarmband och bär dem nu. Han är inte tillgänglig, damer. Men var inte oroliga, vi har en annan av de mest tillgängliga bachelorna på väg."

Alla började prata samtidigt.

Braun hade hittat sin partner.

Braun hade hittat sin partner.

Braun hade matchats.

Han hade åkt *tillbaka till Kolonin*.

Gud, han hade inte tagit det första flyget från stan. Nej. Han hade transporterats bort *från* jorden. Borta betydde verkligen, verkligen borta.

Mitt hjärta dunkade, hårt och tungt. Sen bröts det. Han hade lämnat planeten? Blivit matchad? Men jag då? Vad hände med... allt vi delat? Sexet? Att besöka Howard?

"Det är inte rättvist," sa rum 1214. Hon kanske till och med stampade med sin fot på mattan, men jag kunde inte se den nedre delen av hennes kropp för att vara säker.

För en gångs skull höll jag helt med henne. Det var inte rättvist, men det fanns inte en jävla sak jag kunde göra åt det. Han hade hittat sin partner. Sin sanna partner. Det var vad Chet kallade henne. Hans sanna, så som i den-enda-rätta, ämnade för varandra, hans livs kärlek, ödesbestämda partner.

Jag kunde inte tävla med det.

"Hur?" frågade hon. "Jag menar, han var på hotellet med oss alla. När hade han kunnat träffa någon annan?"

Chet suckade och lyfte sina händer i en hopplös gest.

"Jag är inte en expert på utomjordingar, damer. Uppenbarligen har showen inte haft mycket tur med dem, speciellt efter det krigsherre Wulf gjorde på scenen. Om Braun har hittat sin partner, måste han ha blivit informerad. Jag måste anta att han hade testats och matchats genom det Interstellära Brudprogrammet. Allt jag vet är att jag fick ett samtal i morse som informerade mig om att han var borta, att han hade återvänt till Kolonin för att vara med sin partner, och att en ersättare skulle komma."

Jag hade ingen aning om han talade sanning eller inte eftersom om det var någon som var sliskig och billig, var det Chet. Men producenterna nekade inte något av det. Allt de brydde sig om var showen, produktionsschemat. Om Braun fortfarande var här skulle de använda honom, inte vänta till ett nytt bachelorodjur blev utvalt. De var för lata för att göra något annat.

Pratandet började igen, högre denna gång. Jag var inte den enda som var förvånad. Jag var, hoppas jag, den enda som hade varit med Braun. Som hade tagit med honom för att träffa sina föräldrar. Som hade legat med honom. Som hade knullat honom i min dusch. Och i min soffa. Och på golvet. Och på sidan av min säng. Och i min säng. Jag var den enda som hade sovit med hans stora armar runt omkring mig, vilket hade fått mig att tro att allt skulle bli bra och lyckligt och fullt av kärlek.

Och jag hade trott på lögnen, till och med efter att vi hade arresterats tillsammans. Jag hade trott på honom.

Kvinnan som stod längst fram la sitt huvud på sned och ryckte på axlarna. "Damer, om Braun har hittat sin partner, så hade det aldrig fungerat med er. Olikt männen här på jorden, så vet Atlanerna. Deras odjur vet. Ni borde vara glada för hans skull, men ivriga över att en ny krigsherre kanske kan bli eran."

Pratet började igen, men det var av iver nu. Braun var gamla nyheter. Syns du inte, finns du inte. Om det inte fanns en chans för en matchning, var de färdiga med honom.

Betydde det att jag var färdig också?

"Kan vi inte ens säga hejdå?" ropade någon.

Ja, jag ville i alla fall säga hejdå. Eller?

Trion längst fram tittade på varandra. "Han har redan transporterats tillbaka till Kolonin. Det finns inget som pekar på att han någonsin kommer tillbaka till jorden."

Åh. Herre. Gud.

Ett av glasen gled ur mina fingrar och landade på golvet. Fallet dämpades av mattan, men några huvuden vändes mot mig. Jag plockade upp det och gick sen ut ur rummet och till servicetrapporna. De var tomma, men jag kunde höra skramlandet av disk nedanför. Jag lutade mig mot cementväggen och tog ett djupt andetag. Försökte att förstå vad som hände.

Braun var på Kolonin. Ljusår iväg. Han skulle inte komma tillbaka. Han hade hittat sin partner. Han hade matchats.

Var det vad han hade menat kvällen innan? När jag hade släppt in honom i min lägenhet hade han sagt att han hade något att berätta för mig. Jag hade märkt de stora, vackra armbanden runt hans handleder, men jag hade hoppats att han bar dem för mig.

Med ryggen mot väggen, gled jag ner tills jag satt på det högsta trappsteget och bölade. Jag hade varit så dum. Han hade aldrig knullat mig som sitt odjur. Det är saken som aldrig verkade vettigt. Alla gånger han hade rört mig och hållit mig och fått mig att komma över hela hans kuk, hade han aldrig låtit sitt odjur komma fram. Inte som när krigsherre Wulf hade förstört ett kamerateam och tagit sin nya partner upp mot en stängd dörr på live-TV. Braun hade

Skapad för Odjuret

aldrig förlorat kontrollen på det sättet. Och nu visste jag varför.

Jag var inte hans. Mannen kanske hade njutit av min kropp, men hans odjur hade inte varit intresserat.

Nu var han borta. För alltid. Borta-från-den-här-planeten-borta. Han hade sagt till polisen att han inte var en del av showen längre.

Hade han kommit över till mig för att berätta att en partner hade hittats? Från TV-showens reklamer visste jag att han hade testats av det Interstellära Brudprogrammet för flera år sedan, men ingen matchning hade hittats.

Tills nu. Hade han kommit hem till mig för att ge mig artigheten att berätta det för mig?

Såklart att han hade lämnat så snart han kunde. Han hade kommit till mitt ställe för att säga hejdå, men idioten Kevin hade hindrat honom. Gud, han fick nästan stora problem som hade kunnat hålla honom borta från hans partner. Från att åka hem.

Jag lutade min panna mot mina knän. Jag var inte hans. Jag tillhörde inte Braun. Någon annan kvinna gjorde det. Var de tillsammans nu? Hade hans matchning transporterats från jorden för att träffa honom på Kolonin? Eller var hon från någon annan planet? En utomjordingskvinna? En människa? Var hon lång? Var hon vacker? Var hans armband redan runt hennes handleder? Knullade han henne och gjorde anspråk på henne när jag satt här och grät i en trappa?

Såklart han gjorde. Hon var hans perfekta matchning. Jag visste allt om Brudprogrammet, hur nära perfekta matchningarna var. Det skulle inte vara annorlunda för Braun.

Braun.

Tårarna brände i min hals, de kom för snabbt för att de alla skulle hinna ut ur mina ögon.

Jag hade känt honom i två dagar, och jag var förstörd. Brustet hjärta. Vilsen.

Jag hade trott—dumt nog—att vi hade något speciellt. Att det vi hade delat hade varit något speciellt.

Han hade inte ens sagt hejdå.

Braun, Häktet, Kolonin

"Jag ska åka tillbaka till jorden," sa jag, och stormade till gallret. Jag hade vaknat upp i en cell, denna mer än tillräckligt stark för att hålla mitt odjur inlåst.

"Det kan du inte." Guvernör Maxim stod precis utanför min cell, med sin mänskliga partner Rachel, och hans andre, Kapten Ryston, vid sin sida. Rachel hade sina armar runt en av hans, och hennes huvud lutades mot honom som om hon gav honom stöd av någon sort.

"Släpp ut mig härifrån."

Han skakade på huvudet. "Inte förrän du lyssnar. Jag ber om ursäkt över att jag sköt dig med bedövningen, men du gav mig inget val. Det tog fyra män för att dra dig ner hit." Han vevade runt en hand. Under all tid jag hade varit på Kolonin, visste jag inte att häktet användes.

Tills nu.

"Jag har inte gjort något fel. Jag måste skydda min partner." Jag tittade på Rachel ifall hon kanske inte visste att min partner var en mänsklig kvinna, som henne. Kanske hoppades att hon kunde prata lite vett med hennes envisa

Skapad för Odjuret

Prillon partner för min skull. "Min partner är Angela Kaur, och hon är fortfarande på jorden."

"Braun, som jag berättade för dig, döden av den där människan orsakade en interplanetarisk incident. Jorden har låst all transport tills saker har lugnat ner sig. *All transport till jorden har stängts ner på grund av detta.*"

"Människan var en latmask som stal från min partner. Han misshandlade henne verbalt."

Maxims ögon smalnade, och hans knytnävar spändes ihop. Han gillade inte att en kvinna skadades mer än vad jag gjorde. "Han hade också många viktiga kontakter."

"Om jordens rättssystem hade någon slags heder, skulle det inte spela någon roll."

Rachel suckade och jag vände mig till den lilla kvinnan. "Det är sant Braun," mumlade hon. "Tyvärr spelar det roll. Människor med makt och pengar kan komma undan med nästan vad som helst. Inte alltid, och det finns goda människor som kämpar mot dem, men jorden är inte perfekt. Inte ens i närheten."

"Jordens problem är inte mina. Jag måste åka till min partner."

Maxim tittade ner på sina fötter, sen tillbaka på mig. "Jag vet. Jag jobbar på det med väktare Egara. Vi försöker utanför de diplomatiska cirklarna. Om vi kan få det att hända, kommer vi."

"Om?" Jag höll på att tappa det. Mitt odjur härjade, min feber drev mig till min gräns. Mitt odjur tryckte mot mig, och jag började att växa.

"Tryck ner odjuret."

"Nej," kontrade jag.

Maxim blängde.

Jag blängde tillbaka.

"Det finns inget jag kan göra innan de öppnar upp transporten igen."

"Hur lång tid kommer det att ta?"

"Minst fjorton dagar."

"Är du seriös?" Med huvudet böjt fokuserade jag på smärtan som kom från mina parningsarmband. Den smärtan var Angela. En påminnelse om att hon var min. Hon var äkta. Hon fanns därute, och hon behövde mig. Jag skulle aldrig nå henne om jag förlorade kontrollen. "Lova mig att hon är säker. Svär på det."

Han nickade. "Prime Nial visste att du skulle vara upprörd. Fastän alla har tagits från jorden har han tilldelat en Everiansk elitjägare som har stationerats på Testcentret för brudar för att se till henne tills vi kan få henne bort från planeten. Hon skyddas, och eftersom han inte är lagligt tillåten att vara på jorden, kommer hon—och alla andra på planeten—aldrig ens veta att han är där."

Mitt odjur var inte lyckligt, men nyheten att en elitjägare vaktade henne lugnade honom tillräckligt att jag kunde tänka. Och lyssna.

"Hur länge?"

"Jag vet inte. Jag hoppas att Lord Lorvar är lika silvertungad som Prime Nial säger. Jag kommer att göra allt jag kan. Jag skickade dit dig för att hitta din partner. Jag kommer inte att neka dig. Men du måste vara tålmodig."

Jag morrade. "Mitt odjur är inte tålmodigt."

Han suckade. "Jag vet. Jag kommer att släppa ut dig, men jag vill inte höra att du har skickat en Prillon och två Vikenmän till doktorn efter att ha slagits mot dem i hålan för att blöda bort din ilska."

"Parningsfeber."

"Jag bryr mig inte. Håll dig samman eller förlora henne. Förstår du mig krigsherre?"

Hans ord var sanna, och jag gav en grymtning som svar. Jag hörde honom. Jag gillade inte det, men jag hörde honom.

"Jag skickar dig på nästa uppdrag som kräver en Atlan med dina färdigheter. Jag föredrar att du sliter huvudena av de på Kupan än att du gör det på mina krigare i stridshålan."

Jag grymtade igen. Idén av att börja kriga och förstöra Kupan tämjde mitt odjur. Litegrann. Jag tänkte på Angela på jorden. Ensam. Jag hade inte haft en chans att prata med henne, att förklara. Att berätta för henne att hon är min partner. Att mina armband var till henne. Om den där förloraren inte hade varit i hennes lägenhet, hade hon varit min nu. Hon hade varit här med mig.

Om den ohederliga mannen, Kevin, inte redan var död, skulle jag slita hans huvud från hans axlar för att han har separerat mig och min partner.

Jag gick till gallret och stod ansikte mot ansikte med Maxim precis som jag hade på jorden. "Jag ska göra som du säger. Jag ska fortsätta att tämja mitt odjur tills du fixar transport för mig tillbaka till min partner. Men du måste göra någonting för mig."

Han reste ett mörkt ögonbryn, korsade sina armar över sitt bröst.

"Angela Kaurs farfar," sa jag. "Hans namn är Jassa Singh Kaur. Han är en soldat. En krigsherre i sin egen rätt. Han slogs mot fienden. Förlorade ett ben men kom levande därifrån."

Maxim lyfte sin haka. Han förstod en soldat av heder.

"Han mår inte bra. Jag tror inte att han kommer återhämta sig från sin sjukdom eftersom jorden är primitiv och Angela sa att hans medicin är dyr och förmodligen ineffektiv. Han behöver en ReGen-stav."

"Jag kan inte—"

"Väktare Egara kan," sa jag, och avbröt honom. "Jag är säker på att det finns en på Testcentret för brudar. Jag vill att den används på honom. Läk veteranen. Det är min plikt att lindra Angelas lidande. Han är en soldat av heder, och hon älskar honom med hela sitt kärleksfulla hjärta. Om han dör kommer hennes hjärta att krossas, och jag klarar inte av att tänka på att hon ska känna smärta. Inte när någonting så enkelt som en ReGen-stav kan läka den äldre."

Maxim studerade mig. "Ordnat."

Jag nickade. "Få med mig på nästa transport till jorden. Tills dess, skicka mig på ett uppdrag. Jag måste lugna odjuret, annars så kommer jag hamna i avrättningscellen på Atlan istället."

13

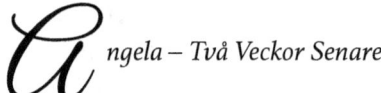
ngela – Två Veckor Senare

POLISEN GAV MIG TILLBAKA MIN LÄGENHET TVÅ DAGAR EFTER OLYCKAN. Två dagar efter att Braun hade åkt. Det fanns inte en chans att jag hade kunnat bo hos mina föräldrar den första natten. De skulle frågat för många frågor, och jag hade inte haft några svar även om jag visste mer än de flesta efter att ha tjuvlyssnat på hotellet. Jag ville bara lägga mig i sängen och gråta. Och gråta.

Eftersom min BFF Casey fortfarande hade varit i Paris, släppte jag in mig själv i hans lägenhet—vi hade bytt nycklar för jättelänge sedan—och bodde där i tre dagar. Jag hade sjukanmält mig till jobbet för det fanns inte en chans att jag kunde städa VIP-våningen och lyssna på deltagarnas skvaller. Fastän jag hade velat hoppa över skolan, kunde jag inte det. Jag hade kommit såhär långt och det hade tagit så lång tid att jag inte skulle förstöra min utbildning nu.

Bara för att en utomjording hade fått mig att fall, gett

mig fler orgasmer än jag kunde hålla koll på och gjort mig lycklig på bara två korta dagar, betydde inte det att jag skulle bli en Miss Havisham och bo på en vind i resten av mitt liv.

Jag hade duschat och tagit mig samman. Gått på lektionerna.

Sen hade jag börjat jobba igen. Tillbaka till min lägenhet, som jag skulle flytta ut från så snart kontraktet var slut. Överallt jag tittade på det här stället, tänkte jag på Kevin. Men framförallt tänkte jag på Braun.

Jag hade hållit mina föräldrar borta i en vecka, men när de hade hört att bachelorn skulle bytas ut på TV hade jag varit tvungen att ringa dem och förklara allt. Vilket fick mig att gråta igen, men jag tog mig samman och kom ihåg att Braun är lycklig nu med sin partner. Han förtjänade att vara lycklig efter allt han hade överlevt. Jag kom ihåg integrationerna han hade visat oss, berättelserna han berättat om sitt tillfångatagande. Hur han hade fritagits.

Om någon förtjänade en partner och barn och ett fullt liv, var det Braun. Det som gjorde ont var att det inte var med mig. Jag var självisk i mitt tänkande eftersom vi bara hade känt varandra i två dagar. Två dagar och jag förväntade att han skulle vara min!

Vem var nu den dumma? Jag.

Så jag hade tagit mig igenom all min sorgsna skit och återvänt till jobbet, fokuserat på skolan. Livet.

Tina träffade mig när jag fyllde min vagn inför mitt skift. "Jag saknar verkligen inte de där deltagarna," sa hon, och gav mig en frustrerad suck. "Att skicka hem dem tills den nya bachelorn kommer var ett smart drag av producenterna. Gud, vem visste att tjugofyra kvinnor kunde vara så gnälliga?"

Hon hade berättat för mig att de tjurade för att Braun

hade hittat en partner, eller så tjurade de för att ingen av dem var hon. I vilket fall, hade de varit vrak.

Hon skakade på huvudet, och jag gav henne ett litet leende. Jag var glad att jag kunde undvika kvinnorna, fast när den nya bachelorn kom från Kolonin skulle det bli galet på hotellet igen.

Jag log mot henne lätt.

"Vad är det?" frågade hon, och klappade mig på axeln.

Jag hade inte berättat för henne om mig och Braun och hade inga planer på att göra det. Det var min hemlighet, de två dagarna jag tänkte tillbaka på som... magiska. Vilda. Heta som in i helvete. Det fanns inga kalla vinternätter i Miami för de tankarna att hålla mig varm, men jag ville fortfarande att Braun skulle vara min. Bara min, även om det bara var för en stund. Jag kände mig gnällig också.

"Inget, mår inte så bra bara."

Hon hummade. "Vilken våning har du?"

Jag drog fram min lapp med listan av rum att städa. "Sex."

En servitör rullade en vagn förbi oss mot servicehissen. Jag rynkade på ögonbrynen. "Gud, de äggen luktar hemskt."

Tina tryckte ner sina glasögon på näsan och tittade på mig, och skrattade sen. "Älskling, om jag inte visste bättre skulle jag tro att du var gravid. Min brorsdotter Carla mådde dåligt av alla sorters lukter när hon hade lilla Michael." Hon skakade på huvudet och gick iväg, rullade sin vagn ner den långa korridoren mot servicehissen i den södra delen av byggnaden.

Jag stod stilla, med en hög tvättlappar i min hand.

Gravid? Aldrig.

Jag la dem på den nedre hyllan i vagnen och frös till.

Jävla skit.

Jag övergav min vagn, gick till väggen utanför HRavdelningen där det fanns en kalender, stod där, och stirrade på den. Tjugosex, tjugosju... trettiotre, trettiofyra.

"Åh herregud," viskade jag, och satte min hand över munnen.

Jag var sen. Jag var *aldrig* sen. Jag gick på p-piller! Jag kunde inte vara gravid för det var pillrets jobb.

Men det var jag. Jag visste att jag var det. Och jag hade glömt att ta mina piller i några dagar. Dagarna när jag var med Braun och de två dagarna efter när polisen andades i min nacke och Braun hade dissat mig för sin enda äkta partner ute i rymden.

Jag saknade honom så mycket att mitt bröst kändes som om en motorcykel var parkerad ovanpå det.

Illamåendet slog till då, och jag sprang mot badrummet nere i korridoren, och hann precis i tid. När jag var färdig gick jag tillbaka till HR, gick in i rummet, och sa till dem att jag nyss hade spytt. De puttade ut mig genom dörren, fick panik att jag kanske skulle sprida någon typ av maginfluensa.

Jodå, det jag hade var inte smittsamt. Jag var tvungen att veta. Jag körde till närmsta apotek, köpte tre gravidtest och en flaska isté för att klunka i mig på vägen hem.

Trettio minuter senare hade jag mitt svar.

Sittandes på kaklet på mitt badrumsgolv, tog jag fram min mobil och ringde Casey. "Jag är gravid."

På något sätt.

"Jävla skit," viskade han. "Jag är i ett möte, annars hade jag varit där nu. Möt mig hemma hos mig klockan sju ikväll så kan du berätta allt."

"Okej," sa jag med låg röst, en tår gled ner för min kind.

"Det kommer att bli okej. Vi funderar ut en lösning."

Hans tröstning var svag, och jag hade ingen aning om hur något skulle bli okej.

Jag var gravid. Med en utomjordings bebis.

Jävla. Skit. Jag bar en utomjordings barn. En utomjording som hade parats med någon annan. En utomjording som inte ville ha mig.

Braun - Kolonin, *Transportrummet*

Jag stampade ner från transportplattformen för att ställa mig precis framför guvernören.

"Nå?"

Han tittade på en av transportteknikerna, som nickade, sen tillbaka till mig.

"Jag är glad att du kunde lämna din grupp," sa han, och tog min krigsutrustning och vapnet som jag bara precis nu stoppade ner i hållaren på mitt lår.

"Ditt kommunikationssamtal sa att jag kunde åka till jorden," påminde jag honom. "Jag kämpade mig igenom ett skikt av Kupans soldater och kom till Nexusenheten som kontrollerade hela gruppen. Hans huvud är på väg till IC nu."

Maxim korsade sina armar över bröstet och gjorde en bestämd grymtning. "Kanske skulle kriget vara över om varje soldat hade sådan motivation."

Jag andades tungt, inte från kampen men från meddelandet jag hade fått. Jag skulle tillbaka till Kolonin för att omedelbart transporteras till jorden.

Det hade tagit sexton dagar för honom att få mig tillbaka till Angela. Det var på jävla tiden. Mitt odjur hade tagit oss igenom fyra olika uppdrag under den tiden, men jag höll mig knappt förnuftig.

"Kan jag åka nu?"

Jag sneglade över Maxims axel, där var krigsherre Bahre och fem andra Atlaner. De nickade mot mig och gick upp på plattformen.

"Jag har jobbat med väktare Egara, människan som du träffade när du var i cellen i Florida. Lord Lorvar, Prime Nials ambassadör, har personligen tagit hand om problemet—"

"Det fanns inget problem. Mannen dödade sig själv."

"—tillräckligt så att Bahre eller en annan krigsherre kan fortsätta med *Bachelor: Odjuret* programmet. Vi har berättat för de mänskliga myndigheterna att andra krigsherrar skickas med för att jobba som vakter på Bearbetningscentret."

"Och?"

"Och du ska åka med dem. Du är inte på den officiella transportlistan, men alla ni Atlaner är så stora att om vi lägger till en till i transporten kommer det inte märkas."

"Du ska transportera sju krigsherrar till jorden och du tror inte att någon kommer att märka det?" frågade jag. Detta var lite galet.

"En av dem—och de kan välja vem som helst av de som kommer—kommer att åka direkt till *Bachelor: Odjuret* TV-programmet och delta där. De andra ska stanna på Testcentret för brudar."

"Jag behöver inte fem krigsherrar för att hjälpa mig att hitta Angela."

Maxim skrattade faktiskt, en ovan syn på en sur Prillonkrigares ansikte. "De ska göra något som min partner kallar en "walkabout"."

"Vart ska de gå?" Jag tittade upp på krigsherre Tane, Bahre, och de andra vännerna jag hade träffat här. "Det finns inte mycket att gå och se. Speciellt i Miami. Staden är instängd och luktar sumpmark."

Tane flinade. "Vi ska åka för att hitta partners."

Bahre la sig i. "Fungerade för dig och Wulf. Fina kvinnor. Värdiga partners. Vi är trötta på att vänta."

Jag var den som skrattade nu. "Människorna kommer inte bli glada över att veta att vildsinta krigsherrar vandrar runt deras planet för att hitta kvinnor."

Maxim korsade sina armar. "Det är därför vi inte frågade om tillåtelse."

Mitt leende var genuint när jag gick upp på transportplattformen för att förenas med mina vänner. Mitt första leende på sexton dagar. "Lycka till i jagandet."

"Tack så mycket," svarade Tane. De andra flinade åt mig i tystnad medan Maxim pratade.

"Väktare Egara väntar på dig Braun. När du anländer kommer hon att ta dig till Angela Kaur omedelbart. Du har fyra timmar, krigsherre. Fyra timmar för att sätta dina armband på din partner och transporteras tillbaka med henne. Fönstret kommer sen att stängas ännu en gång och det kommer inte finnas något jag kan göra. Byråkraterna bråkar fortfarande, och jag vet inte när vi kommer att kunna öppna transporterna igen. Just nu är det bara Lord Lorvar som är tillåten att göra transportuppgörelser."

"Fyra timmar?"

Han nickade.

Jag behövde inte veta mer. Bahre slog mig i ryggen, och jag tittade mot teknikern. "Nu åker vi."

"Krigsherre," ropade Maxim.

Jag sneglade på honom, och han slängde något till mig. Min partners armband. Jag tog emot dem lätt. Fan, jag skulle åkt till jorden och glömt dem. Jag bar dem inte med mig i kriget, så jag var tacksam att Maxim hade hämtat dem åt mig från mitt hem.

"Tack så mycket," sa jag till min ledare, och tittade sen på teknikern. "Transportera oss nu."

Teknikern tittade åt mitt håll, med stora ögon, rädd, och fifflade sen med kontrollerna. Jag kände vibrationerna och såg ljuset; sen var vi på jorden.

Tack så in i helvete.

Som Maxim hade sagt, väntade väktare Egara på mig. Hon såg exakt ut som hon hade två veckor tidigare. Samma frisyr, samma uniform. Jag gick över till henne, ignorerade Bahre och de andra. De hade sina egna personliga planer.

Det hade också jag.

"Krigsherre Braun. Det är trevligt att träffa dig igen. Om du kommer med mig så tar jag dig till din partner."

Hon gav mig ett litet leende, men hon dröjde sig inte kvar. Jag tänkte att hon kände igen hur viktig min begränsade tid här på jorden var. Hon gick iväg och jag följde efter.

När vi hade kommit ut andades jag lättare. Himlen var mörk, några få stjärnor syntes, fast inte ens en bråkdel av vad jag visste existerade därute. Jag hade ingen aning om vad klockan var, men jag hoppades att mörkret betydde att Angela skulle sova. Jag hoppades att jag skulle hitta henne i sin säng. Naken, redo för att jag skulle göra anspråk på henne. Mitt odjur var upphetsat och ivrig att få vår partner. För den första gången på sexton dagar, vrålade han inte för att döda eller skada. Han ville knulla.

"Jag ber om ursäkt över storleken på min bil."

Det lilla fordonet pep när hon tryckte på en liten knapp i sin hand. Jag öppnade hennes dörr, och gick sen runt och klättrade in i passagerarsätet, precis som jag hade gjort med min partner. Jag brydde mig inte ett skit om att mina knän var i min näsa. Jag hoppades bara att den här lilla maskinen kunde röra sig snabbt.

"Det här är inte ett godkänt uppdrag. Du är inte officiellt här på jorden, så jag kunde inte göra det bekvämare för dig."

"Jag är tacksam för all hjälp du kan ge."

Vi sa inget mer, bara körde genom stan. Fast när hon stannade bilen såg jag inte Angelas hem.

"Första våningen. Denna byggnad. Nummer fyra på dörren." Jag tittade åt hållet hon pekade. "Jag väntar här i bilen." Hon tittade på klockan på instrumentbrädan. "Du har tre timmar och trettiofem minuter tills transportfönstret stängs. Du *kommer* att vara borta då."

Hon gav mig en skarp blick, och jag var tvungen att undra om hon hade barn eller hade varit en befälhavare av någon sort. Det fanns inga tvivel i hur hon hanterade mig, en Atlansk krigsherre med parningsfeber.

"Det här är inte Angelas hem."

"Nej. Det är det inte. Jag kunde inte riskera att vi skulle missa henne, så jag lät en vän spåra hennes mobilsignal. Hon är här. Lita på mig."

Jag satt i tystnad i några sekunder, stirrandes på byggnaden där min partner väntade på mig, trygg. Säker. Jag var skyldig elitjägaren som hade vakat över henne en skuld jag aldrig kunde återbetala.

"Är jägaren här?" frågade jag.

Hon ryckte på axlarna. "Jag har ingen aning. Du vet hur de är. Som spöken när de vill."

"Angelas farfar?"

Nu tittade hon faktiskt på mig, och hennes blick var mjuk för första gången sen jag träffat henne. Hon var ganska vacker, och jag undrade varför hon inte hade en partner att skydda henne.

"Jag tog hand om din förfrågan. Jassa svor att han inte

skulle berätta för en enda själ. Han är läkt." Hennes blick drogs från mig till lägenheten. "Angelas hjärta kommer inte att krossas när jag har kontrollen."

"Tack så mycket."

Hon sa ingenting, så jag nickade och gick ut från den lilla bilen.

Dags att göra Angela min.

14

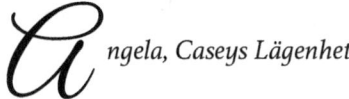
ngela, Caseys Lägenhet

DET VAR MÖRKT UTE OCH JAG VISSTE ATT DET VAR FÖR TIDIGT FÖR PYJAMAS, men jag brydde mig inte. Detta var en jävla nödsituation.

"Jag hade erbjudit dig vin, vännen, men du borde verkligen inte dricka i ditt tillstånd."

"Jag vet." Tjurig och upprörd och kämpandes mot tårarna—*igen*—sträckte jag mig efter den lilla förpackningen av min favoritglass och körde in en skedfull av det goda i min mun. Att skölja ner det med varmt te var det bästa jag skulle få. Vad jag behövde var ungefär tio shots av tequila för att skicka ut mig i glömskan. Då hade jag inte behövt tänka på Braun eller hans ansikte. Eller hans kyssar. Eller hur han luktade.

På något sätt hade hans supersimmare till spermier varit lika maktfulla och envisa som han var, för mitt preventivmedel hade inte varit en match.

Jag var gravid med en utomjordings barn och hade ingen jävla aning om vad jag skulle göra åt det. Jag kunde inte gå till min doktor och säga att jag hade en utomjording som växte i mig. *Det* hade inte gått bra.

Jag kunde inte vända mig till mina föräldrar om det här... eller, jag kunde. Jag skulle, men inte än. Jag var inte sexton. Jag var en fullvuxen kvinna och jag var ganska säker på att de visste att jag hade haft sex, men att vänta ett barn skulle göra saken till en fakta. Men även om jag *faktiskt* berättade för dem, vad ska jag göra?

Hur stora var Atlanska kvinnor? Jag måste anta att de var mycket större än mig. Vilken storlek hade de på sina bebisar? Hur i helvete skulle jag få ut en Atlansk bebis ur min vagina? På jorden?

Igen, vad i helvete ska jag göra?

Casey satte sig i soffan jämte mig, och jag rörde mig närmare honom, lutade mitt huvud på hans axel. Han hade bytt om från sina jobbkläder—designerkostym med slips—och satt på sig mjukisbyxor och en T-shirt. Båda våra fötter var bara. Detta var inte vår första övernattning, och jag visste att det inte skulle vara vår sista. Som bästa vän var han ganska jävla underbar. Han hade till och med tagit med de fina skorna från Paris som jag bett om.

"Jag vet inte vad jag ska göra." Jag hade redan berättat för honom om hur jag träffade Braun, om våra två dagar av nonstop sex, Kevins olycka, polisen. Vad jag hade hört om showen. Att Braun lämnat mig som en gammal tidning så snart han hade matchats med en Interstellär brud. Allt. Jag hade delat allt och gråtit så mycket. Varje jävla dag sen Braun åkte. Nu grät jag inte bara för Braun men också för ett *barn*.

Casey höll sina armar runt mig, pussade mig på pannan, och lutade sitt huvud ner mot toppen av mitt. Försiktigt tog

Skapad för Odjuret

han glassen från mina händer och satte tillbaka den på bordet jämte mitt te och hans glas med rödvin. "Och du är hundra procent säker?"

"Jag tog tre test."

"Okej." Han drog mig närmre, och jag uppskattade hans värme, den mjuka rörelsen av hans hand som strök upp och ner min arm för att lugna mig på bästa möjliga sätt.

Braun var borta. Han skulle inte komma tillbaka. Men jag skulle i alla fall inte vara ensam. Eller hur? Jag hade tänkt på att avsluta graviditeten, men att ge upp den enda delen av Braun jag hade kvar... jag kunde bara inte göra det.

Jag älskade honom. Hur det var möjligt efter så kort tid, visste jag inte. Men jag var kär och gravid och ensam utan hopp om att ändra situationen. Det var inte som om jag kunde sätta mig på ett plan, åka till Brauns hus, knacka på hans dörr, och berätta allt för honom.

Han var borta. Som i ut-i-rymden borta.

"Jag kan inte fatta att det här händer mig."

"Jag kan inte fatta att den idioten lämnade dig," muttrade han. "Han är uppenbarligen en idiot som inte är värd dig."

Jag visste inte varför, men jag kände att jag var tvungen att försvara Braun. Han hade inte gjort något fel. Hade inte ljugit om något eller gjort några löften. "Han hittade sin partner. Han är en utomjording. Det är annorlunda med dem. Jag är glad för honom. På det mest sorgsna sättet."

"Om jag inte var gay hade jag gift mig med dig när vi fyllde arton."

Hans uppenbara lögn fick mig att skratta. "Vi skulle ha skiljt oss inom en månad."

"Åh, men vilken underbar månad det hade varit."

Det familjära snacket fick mig att le och hjälpte faktiskt. Casey hade varit med mig sen min första dag på en ny skola i femte klass. Jag hade varit den nya tjejen med en konstig dialekt, och han hade mobbats för den han var. Till och med då, visste de andra pojkarna att han inte var som dem, och de såg till att vi båda kände att vi inte hörde hemma där. Vi hade gått ihop, ställt upp för varandra, och varit bästa vänner sen dess. Jag litade på Casey med mitt liv. Utan tvekan. Faktumet att han var ett geni till affärsman och van att resa världen runt skadade inte heller.

"Vad ska jag göra?" frågade jag.

Han tog ett djupt andetag, och jag visste innan han öppnade sin mun att jag inte skulle gilla vad han skulle säga. "För det första, ska du sluta gråta. Du ska bli mamma och den lilla älsklingen—"

"Lilla älsklingen? Det finns ingen chans att en Atlansk bebis någonsin har jämförts med en liten älskling."

"—är lyckligt lottad att få dig som mamma."

"Sant." Jag avgudade redan barnet, och jag hade ingen aning om ifall det var en pojke, en flicka, eller ett utomjordingsodjur med päls. Jag visste inte, men jag omfamnade min mage med ett starkt behov av att skydda mitt barn. Men när jag tänkte på mig och Casey i skolan, hur vi hade retats—och vi hade varit mänskliga—ville jag inte att det här halv-Atlanska barnet skulle gå igenom något av det. Såklart om han, eller hon, skulle vara Atlanskt stor, skulle det inte bli några problem på lekplatsen.

Fast ändå...

"Då ska du valsa in på det Interstellära Bearbetningscentret för brudar och begära att prata med någon som har ansvaret där."

"Varför?"

"För att, älskling, barnet har en pappa. Och han har en rättighet att veta."

"Åh Gud." Jag hade bara tänkt på mig själv. Hur skulle

Skapad för Odjuret

jag hantera det här? Vad skulle jag göra? Hur mycket jag saknade Braun. Jag hade varit så upptagen med att fantisera hur han var med någon annan och hade inte tänkt på att berätta för honom. "Du har rätt." Braun var borta, men han var en bra man... utomjording... man. Vad han nu var. Han var god och hederlig och mjuk. Han skulle vara en underbar pappa. Men... "Tänk om de säger att jag måste lämna över barnet?"

Caseys arm kramade om mig igen. "Fast, om barnet är en utomjording som kan förvandlas till ett odjur, skulle den lilla ens kunna bo här, på jorden?"

"Nej. Nej. Det är inte rättvist. Men jag skickar inte ut mitt barn i yttre rymden."

"Du kanske kan åka dit. Kanske hitta en annan partner? En annan Atlan som kan hjälpa dig att uppfostra barnet?"

Jag ville ha Braun. Men han var inte ett val. Kanske kunde jag hitta en annan man. En annan jättesnygg Atlan som gjorde mig het och fick mig att skratta.

"Jag kan fråga." Men jag ville inte. Jag ville ha Braun.

Tårarna öste ur mig som om jag inte hade gråtit på flera år. Casey höll om mig. Och när jag lyfte mitt ansikte för att titta in i hans ögon, försökte jag inte ens dölja min smärta. "Jag vill inte göra det, jag vill ha *honom*."

"Jag vet. Jag är så ledsen för din skull, vännen." Han lutade sig ner och tryckte sin panna mot min ett kort ögonblick innan han gav mig en kvardröjande puss där.

Han hade rätt. Tänk om mitt barn var en pojke? Ett litet Atlanskt odjur? Tänk om han förvandlades till ett odjur i skolan? Skadade någon? Jag hade ingen aning om vad som kunde hända. Jag visste inte hur stor bebisen skulle vara, hur länge jag skulle vara gravid. Ingenting. Jag visste ingenting.

Jag måste gå till bearbetningscentret och skicka ett

meddelande till Braun på något sätt. Jag behövde medicinsk information. Råd. En undersökning. Jag måste veta vad jag kunde förvänta mig, vad som hade hänt andra mänskliga kvinnor som hade fått Atlanska barn. Säkerligen var jag inte den enda.

Men inget av det skulle hända ikväll. Jag la mitt huvud på Caseys axel och sträckte mig efter fjärrkontrollen.

"Vad vill du kolla på?" frågade han.

"Vad som helst utom romans." Jag flinade genom mina tårar och tog glassen. "Sci-fi? Vi kan titta på hur några coola marinsoldater dödar några utomjordingar."

Casey skrattade och jag kände mig nästan normal. Nästan.

Braun, Utanför Caseys Lägenhet

Jag täckte distansen till dörr nummer fyra på rekordtid. Denna bostad var i bättre tillstånd än byggnaden Angela bodde i. Jag antog att det betydde att människor som bodde här hade större förmögenhet. Nummer fyra var på bottenvåningen, och jag var tacksam över att inte behöva stega upp för den blekgråa trappan några steg bort. Jag hade inte fått några uppdateringar angående konsekvenserna efter den mänskliga tjuvens död, fast jag antog att Angela hade blivit befriad från all skuld och ansvar. Jag borde ha frågat, men mitt odjur hade varit otåligt att åka till jorden.

Eftersom väktaren hade tagit mig hit istället för en fängelsecell som höll min kvinna, antog jag att allt var okej. Om Angela hade varit fängslad, hade jag brutit gallret och tagit min partner från byggnaden. Så snart hon hade varit på Kolonin hade jordens lagar inte varit ett problem.

Ljuset var på i lägenheten, den gyllene ljusstrålen kom ut genom det stora fönstret som var till vänster av entrédörren. Jag stannade på tröskeln när jag såg henne. Fan, hon var vackrare än någonsin. Hennes mörka hår var tillbakadraget från hennes ansikte, och hon hade på sig en enkel tröja och shorts och hon satt på en stor soffa. Hon tittade på någonting i sina händer, lyfte en sked som hade någon mörk och krämig mat till sin mun.

Jag hade aldrig tidigare önskat att jag var en sked.

Jag tog ett steg till mot henne, höjde min hand för att banka på dörren, och frös sen till.

Hon var inte ensam. En man med gyllene hår kom från köket, leendes. Han bar två drickor och sa något jag inte kunde höra genom glaset. Han kom upp bakom henne, pussade henne på toppen av hennes huvud. Hon vände sig och log mot honom. Jag såg tillit i hennes blick. Kärlek.

Han pussade henne på toppen av hennes huvud.

Efter det satte han sig på soffan jämte henne, och satte ner drickan han hade burit åt henne på bordet framför dem. Hon såg inte glad ut, ingen glädje eller lycka i hennes ansikte när hon vände sig till honom för tröst. Hon lutade sig framåt och satte ned vad det nu var hon åt jämte sin dricka.

Sen lutade sig mannen närmre, och la sin arm runt hennes axel, och hon la sig mot honom som om hon hörde hemma där medan han strök hennes arm. Hon lät honom hålla om henne.

Precis som hon hade med mig.

Mannen rörde hennes hår med sina läppar och pussade henne igen. Och sen igen på pannan. Deras ansikten rördes, och han tittade djupt in i hennes ögon, deras diskussion var uppenbart intim och väldigt personlig. Familjär.

Fan.

Av gudarna, hade hon valt en annan.

Mitt odjur brast. För första gången på åratal kände jag ingen ilska, ingen eld som brann i mina ådror.

Ingenting. Jag var en staty av sten. Kall. Tom. Utan hopp.

Mannen kröp ihop med henne och tittade ner mot hennes knä och hon grät. Något sårade vår kvinna, och hon hade vänt dig till denna man för att trösta och skydda henne.

Honom. Inte mig.

Mitt odjur vrålade att jag skulle slita bort entrédörren och slita av mannens huvud, precis som jag hade gjort i Kupan för inte så länge sen.

Hon var min.

Min!

Ändå hade jag varit borta i över två veckor. Jag hade inte sagt hejdå. Hade inte berättat vad jag ville. Uppenbarligen hade hon hittat någon annan. Jag fortsatte att titta på dem när de satt nära tillsammans och valde en video att titta på i den mänskliga Tv:n.

Angela var inte upprörd för att jag hade lämnat henne. Hon hade skrattat. Hon log. Myste.

Med. En. Annan. Man.

Jag vände mig bort, kunde inte titta på det som pågick i lägenheten i en sekund till. Jag kunde knacka, berätta för henne att hon var min, men jag ville inte ta bort hennes lycka, även om den inte var med mig.

Den här mannen fick henne att le. Han pussade henne obehindrat. Han var mänsklig och här. För att vara med mig var hon tvungen att lämna planeten. Lämna sina föräldrar

Skapad för Odjuret

och sin farfar som hon älskade med hela sitt hjärta. Denna människa kunde ge henne det.

Jag var bara ett odjur som dödade i Kupan. Vars odjur var färdigt med att hållas tillbaka. Jag var färdig med att hålla honom fången. I år—*år*—hade jag hållit odjuret i kontroll. Inte längre.

Jag skulle inte låta Angela se mig så här. Mitt odjur härjade inte; han bröt sig fri.

Nej, hon hade gjort sitt val, och det var inte mig.

Jag klev ner för trappstegen och tillbaka till väktarens fordon. Tryckte in mig i sätet jämte henne.

"Vad är problemet?"

"Hon har hittat någon annan."

Jag stirrade blint ut genom framrutan.

"Någon annan? En annan Atlan? Omöjligt."

"Nej. En man. En mänsklig man med gyllene hår. Han pussade henne."

Hon viskade tyst. "Är du säker?"

Jag tittade på kvinnan som hade varit så hjälpsam. "Ja. Ganska."

Hon satt och stirrade på mig, men jag kunde se att hon tänkte djupt.

Jag var paralyserad. Mitt odjur tog över mer och mer för varje sekund. Jag var tvungen att behålla tillräckligt med kontroll så att jag kunde få plats i hennes fordon. Om jag växte till mitt odjurs storlek, hade jag varit tvungen att slå ut taket.

"Du kan gå in och prata med henne. Fråga henne. Så du är säker. Det måste vara något misstag," sa hon.

"Nej."

"Berätta för henne hur du känner."

"Nej."

"Krigsherre," det var som om hon bad mig med det enda ordet.

"Hon har gått vidare och så måste jag," svarade jag. "Denna människa kan göra henne lycklig. Hon kan stanna här, på jorden, med sin familj. Jag kan inte erbjuda henne sådana bekvämligheter."

Hon satt tyst i ett ögonblick. "Vill du att jag ska ta dig tillbaka till transporten?"

"Ja."

Hon startade fordonet, körde ut från parkeringen, och åkte tillbaka mot hållet vi hade kommit från. Jag hade haft hopp på vägen hit, men nu var allt det hoppet borta.

"Jag kommer ha dig tillbaka på Kolonin snart," viskade hon med en mjuk röst.

"Nej. Jag önskar att transporteras direkt tillbaka till Atlan. Till fängelset. Det är över. Det är dags att jag ser sanningen i ögonen. Jag kommer att följa min pappas öde."

"Du behöver inte *dö!*" skrek hon ut, och stannade vid ett trafikljus.

"Jag är en Atlan. Jag har parningsfeber. Jag har inga andra val." Jag höll upp mina armband, de som borde vara runt Angela Kaurs handleder. "Jag förlorade min partner. Jag har gjort mitt val. Mitt odjur har valt också. Det finns inga andra möjligheter för mig nu utom avrättning."

15

Angela, Interstellära Bearbetningscentret för Brudar, Miami

VÄGGARNA VAR TJOCKA SOM CEMENTPLATTOR SOM ABSORBERADE LJUD. Luften luktade konstigt, en mix av batterier och städprodukter blandat med krita. Kanske var det min gravidnäsa som kände den udda kombinationen. Receptionisten i lobbyn hade varit hyfsat trevlig. Ändå hade jag ingen aning om vad jag skulle förvänta mig när jag väntade i det lilla mötesrummet, men det var inte den ovänliga kvinnan som kom in.

Hon såg mänsklig ut. Men, betydde det att hon faktiskt var det? Jag hade ingen aning. Utöver vad jag hade sett på *Bachelor: Odjuret* showen, hade jag ingen aning om vad som hände ute i rymden, vem som var där eller vilka utomjordingar som existerade. Inte en enda gång hade jag övervägt att bli frivillig som en brud. Så, som de flesta människorna hade jag ignorerat allt som hade att göra med utomjordingar och krig och brudar. Jag hade tillräckligt med problem hemma. Som en sjuk farfar och föräldrar som var beroende av mig. Sjuksköterskeutbildningen. Jobbet.

Och nu... en bebis. En utomjordings bebis.

"Fröken Kaur. Jag är väktare Egara. Jag har hand om Bearbetningscentret för Brudar här i Miami. Varför är du här?" Hon var vacker, förmodligen i de sena tjugoåren med mörkbrunt hår och iögonfallande gråa ögon. Hennes blick var direkt. Intelligent. Blicken av någon som var van att vara i kontroll och göra svåra val. Men sättet hon hade sina armar korsade över sitt bröst gjorde det klart att hon inte var ivrig över att träffa mig. Kanske hade hon haft en jobbig dag. Jag hade ingen aning, men jag fick inte-glad-att-träffa-mig-vibbar.

Hennes blick smalnade när jag tvekade. "Jag har inte så mycket tid. Vad vill du?"

Japp, inte glad att träffa mig. Jag blinkade, förvånad över hennes aggressivitet. "Ursäkta?"

"Varför. Är. Du. Här? Vill du bli frivillig för att bli en interstellär brud?"

Jag blängde. "Nej."

Hon snörvlade och lutade sina händer på ryggstödet av en stol, men brydde sig inte om att sätta sig ner. Jag undrade om hon inte satte sig för att hon inte ville skrynkla till den mörkgråa uniformen hon bar, eller om hon helt enkelt inte gillade mig. Vilket inte var vettigt. Jag hade aldrig träffat kvinnan.

De grå ögonen fokuserade på mig som en laser, och jag började skaka. Igen. Tårar var på väg igen. Jag kunde känna dem, men jag svalde hårt och tvingade ner dem. "Jag... jag behöver din hjälp. Jag måste skicka ett meddelande till en Atlan. Krigsherre Braun? Känner du honom? Vet du var han är?"

Skapad för Odjuret

"Självklart." Hon korsade sina armar igen, blängde fortfarande. "Vilken typ av meddelande?"

Mina händer föll direkt mot min mage som om jag instinktivt visste att jag måste skydda barnet från denna elaka kvinna. Detta var människan som välkomnade nervösa nya brudar? Detta var det sista ansiktet man såg innan man skickades ut i yttre rymden?

Inte undra på att de hade så många reklamer på TV och internet. Ingen undran att de sökte frivilliga genom att visa upp en het utomjording först. Väktare Egara var en blängande, elak, sur bitch. Fast hon var min enda chans att kunna nå Braun, för att berätta för honom om vårt barn.

"Jag måste prata med honom. Jag vet—" jag höll upp mina händer för att avbryta henne när hon öppnade munnen för att prata, och öste ut orden ur min mun innan jag tappade mitt mod. Igen. Jag hade kört hit tre gånger de senaste två dagarna. Kört dit. Parkerat. Startat bilen igen och åkt hem. Jag hade aldrig varit en sådan fegis under hela mitt liv. Men detta var läskigt. En utomjordingsbebis. En utomjordingsälskare som inte ville ha mig. Ovetandes om jag skulle kunna stanna på jorden. Ovetandes om *allt*.

"Snälla. Låt mig prata färdigt."

Väktare Egara tittade ner på mig från där hon stod, men mina knän var för svaga för att riskera att stå upp. Jag skakade som ett löv.

"Jag vet att krigsherre Braun hittade sin sanna partner och lämnade jorden. Jag vet det. Han kom till min lägenhet med sina parningsarmband och sa att han var tvungen att berätta något för mig men fick aldrig chansen. Han är borta. Han hittade en partner. Jag hörde hur de pratade om det på showen. Jag förväntar mig inte att han vill ha mig tillbaka, för han är lycklig på Kolonin eller Atlan eller var han nu är. Jag är glad för honom och hans kvinna. Det kanske inte ser ut så, men det är jag. Han förtjänar det. Men det är inte därför jag är här."

Väktaren öppnade sin mun igen, men jag öppnade min handflata framför hennes ansikte och öste ut resten av orden. "Jag vet. Han är borta. Det är okej. Jag kan hantera det. Men... jag är gravid. Barnet är hans. Jag vet att han har en äkta partner nu och han åkte för att träffa henne och göra anspråk på henne. Jag förväntar mig inte att han ska vara min. Men han är en hederlig man—Atlan—vad som. Braun är hederlig. Han har rätt att veta att han ska bli pappa."

Jag stakade mig igenom allt det och tog ett djupt andetag. Så, jag hade gjort det. Delat med mig av den stora hemligheten som förmodligen skulle få mig inlåst i Area 51.

"Va?" Hennes röst hade förlorat lite av sin attityd, men vad menade hon, *va*? Stammade jag?

"Du pratar engelska eller?"

Hennes ögonbryn rynkades ihop. "Självklart."

Jag pratade långsamt, ifall hon var seg idag. "Jag. Är. Gravid. Med Brauns barn. Okej? Jag tog tre test för att vara säker. Jag vet att han har en partner nu. Jag vet att han har matchats. Men han måste få veta om barnet. Och jag måste veta vad jag kan förvänta mig. Det här barnet är halv människa och halv Atlansk. Kommer de låta mig uppfostra mitt barn här? På jorden? Hur länge kommer jag att vara gravid? Är det fyrtio veckors graviditet, som med en mänsklig bebis? Och kommer jag att kunna föda barnet? Hur stor kommer han eller hon vara? Jag är nästan färdig med min sjuksköterskeutbildning, men ingen av mina böcker eller uppgifter har täckt det här. Om vi stannar på jorden, kommer bebisen att förvandlas till ett odjur? Kommer Braun att ha rätt att träffa barnet? Hur ska det här fungera? Och vad händer om hans nya partner inte accepterar det här? Jag vill inte utsätta mitt barn för någon som inte skulle älska honom." Så. Jag hade sagt det igen, ännu mer tydligt. Hon måste förstå nu. Det måste hon, eller hur? "Eller henne. Det kan vara en flicka. Jag vet inte ännu."

"Va?" frågade hon igen. All ilska försvann från hennes ansikte, och hon såg bara chockad ut. Japp, en människa som skulle ha en utomjordings barn var en överraskning.

Hon sjönk ner i stolen jämte min på en sida av det lilla mötesbordet och tog min hand i sin. Hela hennes kroppsspråk ändrades från elak häxa till omtänksam vän. Jag blinkade av förvirring men drog inte bort min hand från hennes när hon började prata igen. "Angela, jag tror vi började på fel fot. För det, är jag ledsen. Börja från början och berätta allt för mig."

Jag berättade inte *allt* för henne, men jag sa tillräckligt. Hon visste *hur* jag hade blivit gravid, jag var säker. När jag var färdig, lutade hon sig tillbaka i sin stol, med korsade armar, och den arga gnistan var tillbaka i hennes ögon. "Du utelämnade något viktigt."

Jag stirrade på henne, förvirrad. "Gjorde jag?" Vad? Jag hade ingen aning.

"Vem är mannen du var med tre kvällar sedan? Den blonda? Första våningen. Nummer fyra."

Vad i helvete pratade hon om? "Du menar Casey?"

"Är det hans namn? Din älskare? Mannen du sprang till med dina problem. Mannen som höll om dig? Pussade dig när Braun kom för att hitta dig?"

Jag stirrade. Och stirrade. Bearbetade. Flippade ut. "Braun kom tillbaka för mig?" Mitt hjärta skuttade och min puls dunkade. "Varför? Varför kom han tillbaka?"

"Det fanns äntligen en öppen transportmöjlighet. Han kom tillbaka för att göra anspråk på dig, Angela. Och hittade dig med en annan man. Du svek honom."

"Casey är inte en man!" Jag hoppade upp ur stolen.

Denna gång var det jag som tittade ner på *henne*. "Eller alltså, han är en man, men inte *min* man. Hur vågar du? Casey är min bästa vän. Han har varit min bästa vän sen femte klass. Och han är inte min älskare. Han är gay!"

Hon snörpte ihop sina läppar. "Så varför pussade han dig?"

Jag skulle slå henne på hennes perfekta lilla näsa. Det var vad jag skulle göra. "Han pussade mig på pannan! Vi tittade på sci-fi filmer och åt glass medan jag grät allt jag hade för att min utomjordingsälskare hade hittat en partner och jag skulle aldrig träffa honom igen. Åh, och jag är gravid med hans barn! Låt mig berätta för dig, jag behövde verkligen den jäkla glassen. Jag älskar Braun. Jag svek inte honom! Jag älskar honom. Varför?" sa jag utan att gnälla. "Varför skulle han tro det? Varför stannade han inte och pratade med mig? Eller frågade mig?"

Hennes ansikte tappade all färg. "Åh, jävlar."

"Han var här? Och han pratade inte med mig? Frågade inte ens?" Jag knuffade stolen ur min väg och tog ett steg närmare henne. "Du var där också. Eller hur?"

"Jag körde honom till dig."

"Och du pratade inte förnuft med honom? Eller tittade in i det jävla fönstret själv?"

Hon ställde sig upp och började vandra runt i rummet. "Jag är ledsen, Angela. Atlaner, speciellt de med parningsfeber, ser inte allt förståndigt."

"Men han har en partner. Han åkte för att träffa henne."

Hon skakade på huvudet. "Han träffade sin partner, ja. *Du*. Han åkte till din lägenhet för att göra anspråk på dig, men sen hände olyckan med ditt ex. Han deporterades från planeten."

"De sa att han hade hittat en partner! Att han blivit matchad."

"Det var han. *Du är hans partner,*" sa hon igen.

Åh. Herre. Gud. "Ring honom. Starta ett kommunikationssamtal med honom! Vad dina utomjordingar än säger. Nu. Berätta sanningen för honom."

Hon skakade på huvudet. "Jag kan inte."

"Varför inte?" Spelar ingen roll. Jag bryr mig inte hur, men jag måste prata med honom nu. Nu. "Så skicka mig till Kolonin. Jag pratar med honom själv."

"Jag är så ledsen. När han såg dig med en annan man— alltså, han åkte inte tillbaka till Kolonin."

En sjuk känsla vände min mage medan de dramatiska reklamerna för *Bachelor: Odjuret* programmet visades i mitt huvud. Showen hade gjort det väldigt klart att en Atlansk krigsherre som misslyckades att hitta sin partner skulle avrättas. Hitta kärleken eller dö. Det var så dramatiskt. Så besynnerligt.

Det kunde inte vara sant. "Nej."

"Jo."

Jag kommer att spy och inte på grund av graviditeten. Svimma. Skrika. "Nej. Det är inte sant."

"Han transporterades direkt till ett Atlanskt fängelse för avrättning."

"Är... är han död? Dödade de honom?" viskade jag, fick knappt ut orden.

"Jag vet inte." Hon vred sina händer, synligt upprörd. "Atlaner vill inte döda sina modigaste krigsherrar. Det är inte deras avsikt. De vill ha glada partners. Familjer. Vad jag förstått kommer de att ha honom där i några dagar i alla fall. Visa upp kvinnor för honom en efter en, hoppas på att hans odjur ska känna intresse i någon av dem. Ett sista försök."

Så, Braun kanske är död. Eller så kanske han väljer en annan partner nu? Och allt för att jag hade sovit över hos min bästa vän, låtit honom pussa mig på pannan, och den stora idioten till Atlan hade antagit att jag hade valt Casey som min partner?

Nej. Nej. Nej. Jag tog tag i den söta lilla väktaren på framsidan av hennes skjorta och drog henne nära nog för att morra i hennes ansikte. Hon var en bra bit längre än mig, men ilskan gav mig styrka.

"Braun är min. Jag vill ha honom. Jag älskar honom. Jag ska föda hans jävla barn," morrade jag praktiskt taget. Kanske det var ett litet odjur i mig också.

Han hade inte valt någon annan. Han hade velat ha mig också. Det var det han hade kommit för att berätta för mig när Kevin hade varit där. Men han var kanske redan död.

"Ta reda på var han är. Nu. Och skicka mig till honom. Jag bryr mig inte om kungen av alla utomjordingar inte vill att jag ska åka. Jag ska åka. Förstår du?"

"Jag förstår." Hon log som en uppspelt idiot. Denna kvinna var inte vettig överhuvudtaget. Kanske var hon faktiskt en utomjording. "Vi ska hitta din partner, Angela. Men jag måste varna dig, han kommer inte vara Braun så som du kände honom. Han kommer vara sitt odjur. Du måste hantera hans odjur."

"Jag är inte rädd för Braun. Jag bryr mig inte hur han är."

"Perfekt." Hon gick till dörren och öppnade den. "Följ efter mig. Först behöver du ett NPU så att du kan prata med alla i rymden. Efter det, kan vi prata med transporten. Fast du inte har parningsarmband och är tekniskt inte matchad till en utomjording, bär du på en utomjordings barn, vilket ger dig en förstaklassbiljett till yttre rymden. Transportplattformen borde vara tillgänglig vid denna tid."

Jag följde efter henne och svalde min skräck. Jag skulle transporteras till en annan planet och stå ansikte mot ansikte med ett sårat, argt odjur.

16

ngela, Planeten Atlan, Fängelseområde 384

JAG GICK MELLAN TIFFANI OCH KRIGSHERRE DEEK, deras närvaro på varsin sida av mig var det enda som höll mig från att tappa mitt mod när vi passerade cell efter cell av skrikandes, härjandes, vrålandes giganter. Odjur.

Jag hade transporterats till Atlan, och detta par, en människa och en Atlan, hade mött mig och eskorterat mig till fängelset. Väktare Egara hade skickat Tiffani till sin partner, och de hade hållit kontakten. Nu var jag här, gick förbi rasande galningar och vrålande monster. Skrämd beskrev inte ens en del av det jag kände.

Var det här det som väntade mig? En morrande, destruktiv jätte? Skulle jag hitta Braun med blodiga knytnävar som hade slagit mot väggarna i hans cell? Uppriven hud och blåmärken från att ha kastat sig själv mot de osynliga barriärerna som på något sätt höll dessa gigantiska, vansinniga varelserna i sina celler?

Tiffani sträckte sig efter min hand, och jag tog den, tryckte tillbaka med dubbelt så mycket kraft hon hade gett mig. Jag krossade förmodligen hennes stackars skelett. Hon klagade inte. "Det kommer ordna sig, Angela. Jag var precis som du, fast jag hade matchats. Deek var inlåst i en av cellerna, och jag hade aldrig träffat honom. Men hans odjur kände igen mig. Han visste att jag var hans partner."

"Du. Min." Deek hade förvandlats till sitt eget odjur minuter efter att vi kommit in i fängelset, och morrade hotandes åt varenda cell vi gick förbi. Tydligen kände han sig väldigt beskyddande över sin partner. Tiffani hade flinat åt honom, klappat honom på kinden, och sagt till honom att han var stilig och snäll och gullig.

"Och du är min, älskling."

Ett odjur kastade sig in i en cells energibarriär till vänster om Deek. Jag hoppade till. Tiffani ignorerade vrålet. Deek vände sig och vrålade tillbaka dubbelt så högt. Om Tiffani tyckte att det var sött och gulligt måste hon vara blind av kärlek.

Jag tyckte att han såg jävligt skrämmande ut, men Deek var inte mitt odjur. Braun var det. Eller, jag hoppades att han ville vara det. Jag hade varit så lättad när jag fått reda på att han inte var död än att jag inte hade tänkt så mycket på vad som skulle hända när jag väl kom hit. Till Atlan.

Till honom. Till hans odjur.

Vad skulle jag göra om han var våldsam? Jag visste att han aldrig skulle skada mig, eller i alla fall trodde jag det tills det ilskna monstret hade försökt att slänga sin kropp genom fängelsecellens vägg.

Tiffani tittade på mig. "Det kommer att gå bra. Lita på mig. Det kommer att bli okej. Braun kommer att känna igen dig."

Jag gav henne en skakig nickning. "Det vet jag. Men

sen då?"

Hon tittade på mig. "Du har haft sex med honom, eller hur?"

"Ja." Jag tänkte att frågan var lite personlig, men detta var inte precis en normal situation, och Tiffani var den enda mänskliga kvinna som jag hade tillgång till som faktiskt hade matchats med ett odjur. "Men inte med hans odjur."

"Va?" Tiffani stannade. Eftersom våra händer fortfarande höll ihop, var jag tvungen att stanna också. "Du hade sex med honom? Han sa att du var hans partner men han visade dig aldrig sitt odjur?" Ängslan i hennes röst fick mig att skaka.

"Nej."

Tiffani tittade upp på Deek. "Varför? Varför skulle han göra så?"

Deek ryckte på axlarna. "Skrämma partner. Kontroll." Hans blick fokuserade på mig, och jag var tvungen att titta upp—långt, långt upp—för att fråga mina frågor.

"Så Braun visade inte mig sitt odjur för att han inte ville skrämma mig?"

Hans enorma axlar åkte upp och ner i ett odjurs version av att rycka på axlarna. "Springa iväg. Liten kvinna. För liten." Hans blick gled över till hans egen partner, Tiffani, som inte bara var ganska mycket längre än mig, men hennes kropp var dubbelt så stor som min, med ett överflöd av läckra kurvor. Tiffani märkte sitt odjurs kvarvarande inspektion, och hennes kinder färgades till en söt nyans av rosa.

"Deek. Uppför dig."

Hans käke spändes. "Min."

Hon fnissade, och tittade sen på mig med en blandning av bus och förväntan i sina ögon. Hon praktiskt taget lyste av glädje. "Vi måste skynda oss. Jag känner igen den blicken."

Jag sneglade på Deek och insåg att jag kände igen den blicken också. Sättet hans odjur ögnade Tiffani var samma sätt som Braun hade tittat på mig precis innan han tryckte sin kuk djupt i mig och fick mig att be om mer. "Åh fan. Okej. Nu kör vi."

De eskorterade mig till cellen där Deek hade blivit tillsagd att vi kunde hitta Braun. Rummet var i skugga, som om Braun inte brydde sig om ljuset. Ändå var korridorerna upplysta, så jag kunde se honom.

Jag hade förväntat mig att hitta ett ilsket monster som de vi hade passerat i de andra cellerna. En blodig, vrålande varelse så ur kontroll att Atlanernas enda val var att avrätta honom.

"Släpp in mig." Jag pratade med Deek, men jag kunde inte titta bort från Brauns nakna rygg, från de skinande silvriga integrationerna som var jämnt fördelade över hans ryggrad. Han var vänd från korridoren, ihopkrupen på sidan som ett vilt djur som hade skadats och höll på att dö. Han rörde sig inte. Vände inte ens sitt huvud för att se vem som gick förbi hans cell. Det var som om han redan var död.

Deek gick till kontrollpanelen vid sidan av Brauns cell och stod stilla. När han tog för lång tid, slet jag bort min blick från Braun för att titta upp på honom. "Släpp in mig. Nu. Skynda dig!"

Deek lutade på huvudet och stirrade, vilket kändes mycket mer seriöst på något sätt när det kom från ett odjur än vad det hade varit om han fortfarande hade varit i sin normala form. Även då var han stor. Som Braun. Stor och muskulös och jättesnygg. Nu, var han seriös och fokuserad. "Måste vara säker."

Jag nickade, men uppenbarligen var det inte tillräckligt.

"Kvinna. Partner. Ingen hjälp. Du gå in. Ingen hjälp." Det konstiga sättet att prata verkade udda, och jag undrade om det NPU väktare Egara hade gett mig fungerade eftersom jag inte förstod vad han sa. Jag tittade på Tiffani, som nervöst bet i sin läpp.

"Han har rätt Angela. Du måste förstå. Om du går in där och han blir våldsam, kan ingen hjälpa dig. Det kommer att vara för farligt. Ett odjur med en kvinna att skydda är farligare än de vi nyss passerat. Om Braun tappar det, är du ensam."

Jag bleknade, började bli orolig. Jag hade kommit hela vägen hit för att hjälpa honom, jag skulle inte backa ner nu.

"Du gick in i en bur som denna, eller hur?"

"Ja."

"Och du och Deek hade aldrig träffats? Eller hur? Ni hade matchats, men han visste inte ens vem du var?"

Hon nickade. "Jag hade testats och matchats med en man som redan var här, redo att avrättas. Jag var galen, jag vet. Men—"

Jag avbröt henne. "Jag känner Braun. Han är min. Han kommer inte att skada mig." Jag höll Tiffanis blick tills hon nickade. Hon vände sig sen mot sin partner.

"Släpp in henne Deek. Sen åker vi hem."

Hans vrål av överenskommelse hade fått mig att skratta om jag inte vore så nervös. Jag pratade med självförtroende, men jag var orolig. Varför hade Braun aldrig visat mig sitt odjur? Om han verkligen trodde att jag var hans partner, varför hade han inte gjort anspråk på mig direkt så som Wulf hade med Olivia—på live-TV? Ljudet av sex som kom inifrån den stängda dörren hade varit så heta att jag praktiskt taget hurrade när live-sändningen hade fortsatt.

Men det var Wulf. Och Deek var Deek. Braun? Jag hade aldrig träffat hans odjur.

Energibarriären öppnades upp där Deek stod, och jag

gick in i cellen. Tiffani gav mig en liten vink innan Deek satte tillbaka barriären.

"Lycka till. Vi kommer tillbaka och tittar till dig senare."

Jag nickade och svängde runt på min häl för att stå öga mot öga med min framtid. Eller brist på.

Braun stelnade på den stora madrassen han låg på, som om han äntligen kände av mig. Det såg ut som en mjuk madrass, och jag undrade om de inte fick sängar för att odjur skulle förstöra dem eller använda materialet som vapen.

Inte för att de behövde en klubba eller lång pinne för att döda någon. Inte när de var 240 cm långa och bara muskler.

Jag bet min läpp. "Braun?" Jag tog ett steg framåt och stannade, osäker på vad jag skulle göra. Jag hade tänkt länge och hårt, och jag skulle inte berätta för honom om barnet. Inte än. Han måste vilja ha mig för mig. Bara mig.

Braun lyfte sina händer till sina öron och täckte dem som om han kände smärta. Hans vrål fick mitt hjärta att hoppa upp i halsgropen och jag blev rädd.

"Braun? Det är jag. Angela. Jag transporterades hit från jorden."

Han vrålade igen, men jag var redo för det den här gången.

"Braun?"

"Nej!" Hans röst var djupare, så djup att jag kände vibrationerna i mitt bröst.

Vad i helvete var hans problem? "Vad menar du, nej? Jag är här. Kan du inte ens prata med mig?"

Han svängde runt sina ben, sänkte sina händer från där de täckte hans öron, och ställde sig upp långsamt.

Jag tittade, min nacke sträckte sig när jag tittade upp och upp och upp.

Han var till och med större än Deek. Mer än 240 cm.

Skapad för Odjuret

"Jävla helvete." Orden kom ur min mun innan jag kunde censurera dem. Jag hade förväntat mig stor, men herregud. "Braun?"

Han vände sig mot mig, och jag var helt, helt stilla medan han kom närmre. Han hade bara på sig byxor. Ingen tröja, inga skor, som om de sakerna inte längre behövdes här. När jag var precis framför honom lutade han sig ner och andades in djupt, hans näsborrar vidgades. Hans blick tittade över min kropp som för att bekräfta att jag verkligen var där, som för att försäkra sig om att rösten han hade hört inte bara hade existerat i hans huvud. Efter det, lyfte han sina enorma händer och kramade dem runt min rygg, och drog sen in mig mot sin kropp. "Äkta. Partner. Äkta."

Jag slängde mina armar runt hans midja—eller, så långt jag kunde nå—och höll honom. "Jag är äkta."

Han lyfte mig då, upp från mina fötter och in i hans armar så vi var ansikte mot ansikte. "Guldman. Nej. Partner. Min."

Guldman... guldman. Ah, Casey och hans blonda hår. Mitt hjärta värkte för Braun nu, för förvirringen. Misstaget. För vad han trodde att han sett och faktumet att han nästan dött för att han trodde på något som inte var sant.

Jag la mina handflator på hans kinder, lutade mig mot honom, tills min panna rörde vid hans. "Den guldiga mannen, Casey, är bara en vän. Du är den enda mannen jag vill ha Braun."

"Partner."

Jag nickade, våra pannor slog i varandra. "Ja."

Han morrade och gick till en del av väggen jag inte ens hade sett förut. Halvvägs upp var en hylla med kuddar, och Braun satte ner min baksida på den. Den var inte riktigt djup nog att sitta på utan stöd, men nästan. När jag var där lyfte han mina armar ovanför mitt huvud. Jag sneglade upp och den kalla chocken av metall satte sig på plats runt mina handleder.

De var armband. Hans parningsarmband. Och nu var de fastspända runt mina handleder med en slutgiltighet som borde skrämt mig. Istället kände jag lättnad.

Han var min nu. Min. De matchande armbanden runt våra handleder bekräftade vår relation. Det skulle inte bli någon avrättning. Jag skulle inte förlora honom.

"Braun?"

"Min." När jag var fasthållen på det stället insåg jag vad den positionen var menad för. Parning. Anspråk. Knulla. Jag var mer än fastbunden. Jag hade metallarmband runt mina handleder, och de armbanden satt fast i metallkedjor som var förankrade i väggen. Det fanns inget sätt att rymma, ändra mig. Inga andra chanser.

Bra. Jag ville inte vara någon annanstans.

Braun väntade, hans blick låste sig vid mitt ansikte när jag sänkte mina ögon från armbanden för att titta på honom. Han skakade från huvud till tå, varenda muskel och ligament och blodkärl så spända som om de var redo att explodera. Hans bröst och axlar pulserade med kampen för att kontrollera sin egen kropp. Han sträckte sig ner, öppnade sina byxor, hans kuk poppade ut som en klubba, grov och lång. Gud. Den var enorm. Och hård. Större än när vi hade varit tillsammans i Florida. Sperma började redan rinna från toppen när han studerade mig.

Jag var helt påklädd. Hur skulle han—

Slit.

Där försvann mina byxor och trosor. Han drog det sönderrivna tyget över mina anklar och slängde mina kläder bakom honom som sopor.

Ett till slit och mina bröst var bara och ute.

Medan han varit hård med mina kläder, var han

Skapad för Odjuret

försiktig med mig.

"Min." Med händerna på insidan av mina lår, böjde Braun sig framåt och satte sin mun mot mig.

Jag ryckte till, flämtade, och stönade sen hans namn. Han knullade mig med sin tunga. Inget förspel. Inget mjukt. Bara rått behov. Lust. Hunger.

Jag var våt och värkte efter honom på sekunder.

Hann höll ut mina ben brett, han sög på och smakade mig, och allt jag kunde göra var att hålla fast vid kedjorna för mitt liv och ge efter. Ge honom allt. "Braun!"

"Partner." Hans rörelser blev mjukare i några sekunder, men hans försiktighet höll inte i sig. Han tryckte upp två fingrar i mitt våta center och satte sina läppar över min klitta med en sådan kraft att jag skrek när den första orgasmen kom som en piska på bar hud. Jag kunde inte hålla tillbaka. Jag var inte redo för intensiteten av njutningen.

Han ställde sig upp, tog tag i basen av sin kuk, och tryckte in den djupt innan jag hade en chans att återhämta mig. Jag skrek ut igen för att han var så stor. Om han inte hade förberett mig, hade han varit svår att ta. Han öppnade mig stort, fyllde mig djupt.

Om jag kunde höra de andra Atlanska odjuren härja i sina celler, kunde alla i fängelset höra mig bli knullad. Jag blev chockad när jag insåg att jag inte brydde mig om någon visste vad vi gjorde. Denna lilla vadderade plats han hade satt mig på och metallkedjorna indikerade att detta var hoppet för alla de Atlanska fångarna, att en partner skulle hittas och de skulle räddas. Sex var den enda vägen ut, och alla visste att jag var här för att rädda Braun.

Jag. Brydde. Mig. Inte. Jag var fri.

Fastkedjad i väggen med ett odjur som knullade mig, fyllde mig, stötte sig in i mig som om jag var den enda kvinnan som fanns. Han ville ha mig. Bara mig.

Behövde mig.

Jag var den enda som kunde rädda honom.

Under tiden vi var isär hade jag haft fel, så fel. Han hade inte velat ha någon annan.

Det hade varit mig hela tiden.

Han bevisade det med sin fullkomliga besatthet, hans hängivenhet till mig—och bara mig. Det var intensivt, det visades av varje stön, varje beröring, varje hungrig stöt av hans kuk.

Han ville inte ha mig bara för att jag var gravid eller för att han gillade hur jag lagade mat eller ville stjäla mina pengar. Han var min på ett sätt ingen annan hade varit tidigare. Och jag var hans. Jag räddade honom, och han räddade mig tillbaka.

Hans kuk fyllde mig tills jag trodde att jag kanske skulle börja gråta om jag inte kom igen. "Mer, jag behöver mer," stönade jag, med huvudet bankandes mot väggen.

Han stötte snabbare, och jag var tacksam för den halva sittplatsen som hjälpte hålla mig på plats.

"Min. Min fitta. Partner."

"Ja." Jag skulle kunnat bli kär i hans röst till och med. Så enkel. Så djup. Så het. Jag kände ännu en orgasm rulla genom mig, och jag drog i kedjorna. Jag behövde honom. Behövde röra honom. Jag dör. Dör för att det är för mycket. För mycket kuk. För mycket hud. Hans doft. Känslorna exploderade inom mig. Dör.

"Jag älskar dig, Braun. Jag älskar dig," andades jag samtidigt som han drev mig över gränsen.

Braun

. . .

ANGELA. *Partner. Min.*

Orden upprepades om och om igen i mitt huvud, odjurets totala fokus var på vår partner. Hennes doft. Hennes varma, våta fitta. Sättet hon var uppsatt framför mig som en festmåltid. Parningsarmbanden runt hennes handleder hade avslutat veckor av min smärta. Jag var redo att dö, lämna henne i sin lycka. Hennes liv med mannen med det gyllene håret.

Men hon var här nu. Med mig.

"Min."

Mitt odjur höll fullkomligt med. Jag hörde hur hon påstått att mannen bara var en vän, men odjuret var inte nöjt förrän armbanden var runt hennes handleder. Tills vi hade knullat henne. Tills hon hade lindrat min feber och gjort mig hel eftersom hon nu var min.

"Jag älskar dig, Braun. Jag älskar dig..."

Hennes doft, hennes grin av njutning, hennes vibrerande fitta som klämde min kuk när hon fick sin frisläppning.

Jag var vilsen. Mitt odjur vrålade när jag fyllde henne med säd, gjorde anspråk på henne på det traditionella Atlanska sättet för all tid.

Förankrad till henne till sist, bleknade ilskan jag burit i mitt blod i åratal, rädslan att jag skulle förlora kontrollen som min pappa hade, för första gången sen jag var ett barn, och friden som fyllde mig var nästan smärtsam.

Det var en tyst, lugn smärta av lättnad.

Jag höll uppe min partner, släppte lös hennes händer från fästena i väggen och inspekterade försiktigt parningsarmbanden för att se till att de hade justerats till hennes handleder ordentligt.

Hon tittade på dem och sen upp på mig. "De är perfekta, Braun. De är vackra."

Hennes ord gjorde mitt odjur nöjt, och jag lutade mig framåt, belåten att hålla henne på plats, med kuken djupt i henne, och böja min stora kropp runt henne. Jag höll henne länge, ovillig att flytta mig när hennes små händer strök mitt odjur. Mig. Mitt huvud, hon drog sina fingrar genom mitt hår. Min rygg. Tills hon slutligen satte sina händer runt mitt ansikte och puttade mig försiktigt tills jag var där hon ville ha mig, tillräckligt långt bak så att hon kunde se mig i ögonen.

Sen kysste hon mitt odjur. Hon kysste oss. Mig. Honom. Smärtan som hade känts igenom mig blev skärande och läckte ut ur mina ögon i en brännande vätska.

"Åh nej. Braun. Älskling, gråt inte." Angela kysste bort mina tårar, och jag höll om henne. Kysste henne medan min kuk blev hård i henne igen.

Jag tog hennes läppar en gång. Två gånger. Sen stötte jag min kuk djupt i henne ännu en gång.

"Min."

Hon skrattade, och stönade sen, och rörelsen gjorde att hennes kropp klämde fast min kuk. Jag stönade. Stötte. Hungrig. Behövd. Älskad. Avgudad. Dyrkad. Hon var min; den här fantastiska, vackra kvinnan var min.

Jag knullade henne ännu en gång tills hon skrek av tillfredsställelse. Tills hennes fitta pulserade och vibrerade och hon bad mig att göra det igen och igen. När hon var trött, höll jag henne i mina armar, odjuret sov med sin rygg mot väggen. Han vägrade att dra sig tillbaka, vägrade att tillåta mig att bura in honom igen efter så många år av kamp för att bryta sig fri.

Han höll vår partner. Han hade smakat på henne. Knullat henne. Och han var tillfredsställd.

Vi var båda tillfredsställda till slut.

EPILOGUE

ngela, Kolonin

JAG VISSTE INTE HUR JAG SKULLE BERÄTTA FÖR HONOM ATT JAG VAR GRAVID. Jag hade bara spytt den där gången i hotellkällaren, och utöver ömma bröst hade jag inga tecken som Braun kunde märka. Efter anspråket—Gud, det hade varit hett och vilt—skulle han bli upprörd över att jag inte hade berättat för honom. Jag kunde redan höra hur han skulle oroa sig över att han hade varit för hårdhänt med mig.

För första gången någonsin hade han inte hållit tillbaka. Jag hade sett den riktiga Braun, den fullständiga Atlanen han var. Hans odjur var vildsint, men jag visste att han aldrig skulle skada mig. Ett Atlanskt anspråk, uppressad mot en vägg, med armarna fasthållna över huvudet och tagen hårt?

Min fitta spände sig när jag kom ihåg hur hans dominans hade fått mig att komma. Men hans odjur hade inte varit skrämmande eller överväldigande. Kanske var det för att armbanden var runt mina handleder som hade lugnat honom lite. Kanske var det för att han inte behövde kämpa längre. Odjuret fick vad det ville, vad det hade sökt efter hela tiden.

Mig.

Jag kunde inte låta bli att le.

Braun greppade tag i mina höfter och rullade runt oss så att jag var grensle över honom. "Är det ett leende av tillfredsställelse, partner?" frågade han och tittade upp på mig.

Vi var i hans hem på Kolonin. I hans säng. Han hade inte låtit mig gå långt ifrån den på två dagar.

Hans tummar strök över min nakna hud, och jag log ner mot honom. Glansen av hans armband fångade ljuset. "Hur kan det vara något annat?" frågade jag, och strök mina händer över hans breda överkropp. Hans hud var varm, musklerna under stenhårda. Han var...perfektion.

Han log också, med snälla ögon. Skillnaden över hur kontrollerad han hade varit på jorden och hur han var nu var så uppenbar. Han hade hållit sig tillbaka, hållit sitt odjur i schack. Inte längre.

Odjuret och Atlanen var tillfredsställda. Lyckliga.

Och ändå hade jag fortfarande inte berättat för honom om barnet. Jag kunde bara ösa ut orden, men jag tänkte att det skulle finnas ett perfekt tillfälle. Ett perfekt sätt. Vad skulle han göra när han fick reda på att han lämnat mig bakom sig... gravid? Skulle hans odjur bli ilsket?

Jag njöt av denna version av Braun. Fast han hade varit försiktig med mig, hade anspråket inte varit den enda gången han hade varit dominant och bossig. Min fitta darrade fortfarande av tillfredsställelsen han precis gett mig.

Skapad för Odjuret

Hans kuk var fortfarande djupt inne i mig. Jag klämde mot hans hårda längd, som aldrig hade mjuknat.

Brauns ljusa ögon var varma, och hans grepp blev starkare. "Partner," varnade han.

Som om jag ville att han skulle neka någon av oss den njutningen som skulle komma av att han tog mig. Igen.

Han lyfte upp mig, sänkte ner mig på honom igen. Jag var så hal att min kropp inte gjorde något motstånd. Jag lutade mig framåt, satte min hand på väggen ovanför sänggaveln. Mina bröst dinglade över hans ansikte. Han lyfte sig upp för att suga in en bröstvårta i sin mun när han började att knulla mig. Igen.

Mina bröst var svullna, mina bröstvårtor var löjligt känsliga. Bara sugandet från hans mun gjorde mig nära att komma. "Ja!" grät jag ut, ljudet studsade runt mellan väggarna i hans rum.

Min fitta spändes och mjölkade hans kuk, och han kom samtidigt som mig. Det var över på några minuter, vårt behov av varandra var tillfredsställt igen. För tillfället.

Jag kollapsade ner på hans svettiga bröst, stängde mina ögon och lyssnade på hans stadiga hjärtslag. Jag hade aldrig varit såhär vild med sex. Inte innan Braun. Men så var han också i sådan harmoni med min kropp. Visste vad jag behövde även när jag inte gjorde det. Som under anspråket. Visst, hans odjur hade haft kontrollen, men det hade varit hårt, vilt knullande som jag hade behövt lika mycket som han hade. Ljuden jag gjorde... Gud. Mina kinder blev varma nu när jag tänkte på hur lättsinnigt jag hade uppträtt.

Så snart det hade varit över, hade vakterna sett armbanden på mina handleder som bevis på att hans feber var borta, och vi hade transporterats direkt till Kolonin. Jag hade rodnat kraftigt hela vägen ut ur fängelset och till transportcentret. Jag hade inte kunnat se någon av vakterna i ögonen. Jag visste när jag gick in att jag skulle behöva ha sex med Braun för att rädda honom. Inget svårt. Jag ville ha honom så mycket som om jag också hade ett odjur inom mig.

Men efter? Japp, total förödmjukelse. Fast jag tänkte att vakterna var hederliga nog att inte se på—fängelset måste ha kameror—hade de hört. Det hade inte varit tyst. Faktumet var att jag hade skrikit av njutning. Inte en gång utan två. Upp emot väggen. Fasthållen. Knullad hårt. Tagen.

Braun, å andra sidan hade flinat. Strålat. Det hade inte varit för att hans feber äntligen var över, fastän jag var säker på att han var överlycklig över det. Det var för att han hade tillfredsställt sin partner och alla hade hört mina skrik av njutning.

Gud. En sådan neandertalare.

Ett pipande kom från kommunikationsenheten på väggen. Braun suckade. "Svara," ropade han.

"Krigsherre Braun, du och din partner önskas i transportrummet omedelbart."

Braun ryggade inte till eller försökte att täcka mig där jag låg naken och utvräkt över honom, så jag var tvungen att anta att ljudet var för ett pseudo-telefonsamtal, inte ett videosamtal. Han kanske var en neandertalare, men oss i en porrfilm var något annat.

"Vi kommer inte att lämna Kolonin," svarade han till rösten.

"Nej, krigsherre. Du har inkommande."

Braun strök bak mitt hår, och jag lyfte min haka för att titta på honom.

"Inkommande?"

"Ja. Din partners familj kommer att ankomma om... sju minuter."

Jag hoppade upp, och Braun jämrade till när han

poppade ut ur mig. "Åh herregud. Mina föräldrar ska komma hit?"

"Kommunikationssamtal slut," sa Braun, och tittade på mig där jag stod vid sidan av sängen och flippade ut.

"Sju minuter?" Jag tittade ner på mig själv. "Braun, jag ser ut som—"

"Du ser vacker ut, partner."

"Jag ser välknullad ut."

Braun flinade. Gud, han var så snygg när han gjorde det. Hans leenden kom oftare och oftare, och jag visste att det var på grund av mig. Jag skulle se till att han gjorde det ofta i resten av mitt liv.

"Det gör du."

Jag himlade med ögonen åt honom och satte mina händer på mina höfter. "Jag vill inte att mina föräldrar ska veta vad vi har gjort."

Han satte sig upp, och Gud, de där magmusklerna spändes och buktade ut. "Vi delar parningsarmband. Du åkte till en planet långt iväg för att vara med mig. Jag tror att de har en aning."

Jag snörpte ihop mina läppar, och snurrade runt i en cirkel. "Braun, var är mina kläder?"

Jag hade ingen aning om vad som hände med jordkläderna jag hade haft på mig när väktare Egara hade transporterat mig till Atlan. Jag hade haft på mig dem när vi anlände till Kolonin, fastän de var lite sönderrivna från Brauns aggressioner under anspråket, men det var två dagar sen och jag hade inte varit påklädd sen dess.

"De är borta. Du behöver inte sådana kläder här."

"Jag kommer inte att träffa mina föräldrar naken!"

"Jag kan göra kläder till dig, partner. Var inte orolig. Jag kommer att ta hand om dig på alla sätt."

Jag rynkade på ögonbrynen. "Du kommer att *sy* kläder

till mig på... på fem minuter?"

"Nej. Jag kommer skapa dem med S-Gen maskinen." Braun klättrade långsamt ur sängen. Leendes gick han över till väggen. Naken. Han tittade över sin axel på mig, finkammade min kropp med sin blick, och tryckte sen på några knappar på väggen. "Kom hit, partner. S-Gen maskinen måste skanna din kropp för att tillverka rätt storlek."

Jag reste mig ivrigt, spänd över att se något rymdigt. Utöver att ha transporterats genom galaxen, vilket hade varit super, men jag fick inte se något med mina ögon, var detta den första manicken jag hade varit nära sen jag ankommit. Braun hade hållit mig... upptagen.

I hörnan var en slät svart del markerat med lysande gröna linjer som var i ett rutnätmönster.

"Stå på maskinen. De gröna lamporna kommer att skanna dig för din storlek."

"Okej." Jag gjorde som han instruerat. De gröna lamporna rörde sig över min kropp som lasrar. När det var färdigt, gick jag ner och höll Brauns hand medan vi väntade. Framför mina ögon uppstod plötsligt en hel outfit, som om den hade transporterats direkt från en sömmerska till mitt sovrum.

"Detta är en Atlansk kvinnas aftonklänning. Jag önskar att se dig i den, om det är acceptabelt."

Han var blyg, vilket jag tyckte var gulligt. Jag lyfte aftonklänningen och log åt den mörkt röda färgen. Jag skulle se fantastiskt ut i denna klänning. "Jag älskar den."

Jag hade ingen aning om vad jag annars skulle säga. En transportmaskin som gjorde kläder på direkten. Jag insåg när jag satte på mig de mjuka kläderna att de passade mig perfekt också. Maskinen var magisk.

Skapad för Odjuret

"Du behöver kläder också." Han stirrade bara på mig. "Skynda dig!"

Han blinkade, flinade, och vände sig sen tillbaka mot maskinen och gjorde en outfit åt sig själv. Det var bara när vi båda var helt klädda—jag var helt i häpnad av att se Braun sätta på sig kläder —som jag insåg något, men det var för sent nu.

"Nästa gång vill jag ha underkläder," sa jag till honom.

Han tog min hand och drog mig ut genom dörren som tyst hade öppnats. "Inte en chans."

Vi gick ner för den beigea korridoren och svängde runt en hörna, färgen ändrades till en ljust blå ton. Det fanns många korridorer, och jag tvivlade på att jag skulle kunna hitta min väg tillbaka utan Brauns hjälp. Självklart var jag distraherad för att mina föräldrar var på väg.

Här.

På Kolonin.

Rymden.

På jorden hade jag inte ens haft tid att säga hejdå, så tårar samlades i min hals av uppskattning.

En till dörr gled upp, och vi var på ett familjärt ställe. Transportrummet.

En tekniker stod bakom kontrollbordet. En man med mörkt hår och en blodröd krage runt sin hals hälsade oss välkomna.

"Krigsherre. Min dam. Jag är glad att se att ni båda ser ut att må bra." Han var inte ironisk eller skojade. Han var seriös.

Braun satte sin hand på min axel och svarade med samma ärlighet. "Jag ber om ursäkt, guvernör. Du har inte officiellt blivit presenterad för min partner. Detta är Angela Kaur från jorden. Angela, detta är Maxim Rone. Jag har honom att tacka för att han skickade mig till jorden."

Guvernören bugade mot mig. Guvernören av Kolonin *bugade* mot mig. Var detta en konstig dröm? Jag kände igen de skarpa linjerna av hans ansikte, de guldiga och bruna hud- och hårtonerna av hans art såg bra ut på bilder, vilket var anledningen till att de hade börjat sätta upp reklambilder på jorden. Skvallret var, när du matchades med en Prillon, fick du två av dem.

Nej tack. En enorm utomjording var mer än tillräckligt för mig att hantera.

Guvernören tittade rakt på mig. "Tack för din hjälp att rädda Braun."

"Han är min partner." Det var allt jag hade att säga om det. Tydligen var det tillräckligt.

"Min partner är Rachel, också från jorden. Det finns flera andra kvinnor, alla brudar från jorden, som är ivriga att träffa dig. Jag är säker på att du kommer att överösas snart nog, men de trodde att du skulle vara... upptagen ett tag."

Jag rodnade. Jag hade varit *väldigt* upptagen.

"Din familj kommer att ankomma snart. Det har varit en liten försening i deras transport."

"De diplomatiska problemen har lösts?" frågade Braun. Hans hand gled från min axel till runt min midja, drog mig närmre. Jag kurade in mig böjen av hans arm.

Maxim nickade. "Ja. Ambassadören hanterade de kvardröjande problemen."

Dörren till transportrummet öppnades, och en annan man kom in. Man, utomjording...vad som. Jag kände igen hans ras som Prillon. Som guvernören, bar han också en krage runt sin hals. Olikt guvernörens mörkröda krage, hade denna Prillon en silvergrå. Han var formell och stel och bugade mot mig.

"Jag är Dr Surnen. Guvernören berättade om din ankomst, och jag hörde att du skulle vara i transportrummet för att vänta på din familj. Jag ville ta tillfället att se till dig personligen."

"Hon mår väl, doktor," försäkrade Braun honom. "Jag har sett till det personligen."

Jag slog till Braun på bröstet. "Hey!" Jag kände hur mina kinder blev varma. Dessa män kunde prata om sex som om det inte var pinsamt.

"Ja, men i hennes—"

"Tack så mycket, doktorn," sa jag, avbröt honom. Jag öppnade mina ögon och försökte tyst att berätta för honom att hålla käften eftersom jag inte ville att Braun skulle få reda på att jag var gravid av någon annan. Jag hade inga tvivel på att guvernören visste om situationen eftersom han hade varit tvungen att koordinera med väktare Egara. Uppenbarligen hade han berättat för doktorn. Och förhoppningsvis ingen annan. "Jag vet att du ville se till att jag inte var trött från transporten..."

Doktorn höll sig stilla och studerade mig. Han tittade på Braun, som såg fridfull ut. Sen nickade han. "Jaså. Ja. Jag kan se att du faktiskt mår bra. Om du har några problem eller tankar angående det—"

"Angela är stark," informerade Braun, och avbröt honom. "Hon behöver inte observation på grund av transporten."

Maxim tittade ner på marken och täckte sin mun med sin hand. Japp, han visste. Dr Surnen visste. Braun visste inte.

"Nej, du har rätt. Hon behöver inte mig för det."

"Jag är glad att du är här dock," började Braun. "Angela är en sjuksköterska på jorden."

Surnens mörka ögonbryn lyftes. "Är det så?"

"Student. Jag är inte färdigutbildad," klargjorde jag. "Jag

var på min sista runda av min praktiska träning när jag träffade Braun."

"Vi har alltid ett behov av de med medicinsk träning. Jag hoppas att du kan komma förbi den medicinska avdelningen snart. Vi har Koalitionens upplärningsprotokoll. Du kan börja direkt. Jag hade varit tacksam för hjälpen." Han höjde ett ögonbryn igen, och gav mig en specifik blick. Ett, jag var överlycklig över erbjudandet. Jag kunde vara en sjuksköterska här, på Kolonin. Hur häftigt hade det varit? Jag skulle lära mig allt om utomjordingar, hur man kunde läka soldaterna som kom hit, hur man kunde ta ut deras integrationer.

Och jordkvinnorna de precis hade berättat om? Säkerligen hade de blivit glada över att ha valet av en kvinna för deras mer... delikata... problem och funderingar.

Men inget av det var vad Dr Surnen menade. Jag kunde praktiskt taget läsa utomjordingens hjärna.

Jag vill undersöka och se till att du och ditt barn är hälsosamma.

Jag kände vibrationen av transportplattformen under mina fötter, kände elektriciteten i luften när håren i min nacke ställde sig upp.

"Transport i närheten," sa teknikern, och vi alla vände oss mot den upphöjda plattformen.

Jag blinkade och där var mina föräldrar, farfar, och Oscar.

Katten hoppade från farfars armar och sprang under kontrollbordet.

"Vad i helvete var det?" frågade Maxim.

"En katt," förklarade Braun, och släppte sitt grepp om mig.

Jag rusade upp för trapporna och kramade min mamma först, sen min pappa. När jag kom till farfar, kramade han mig hårt; sen drog jag mig tillbaka och stirrade.

"Vad i helvete."

Han flinade åt mig. Borta var den sjukliga blekheten. Hans ögon var lysande, hans rygg rak. Han log och såg... välmående ut.

"Jag vet. Jag känner mig ganska jäkla bra!"

"Vad... hur... du... den senaste medicinen måste verkligen hjälpt!" sa jag, och kramade honom igen, men försiktigt som vanligt. Fast jag hade pratat med mina föräldrar och farfar efter att jag hade lämnat jorden, hade jag inte träffat dem under de två veckorna. Jag hade varit för upptagen och för ledsen för att träffa dem.

"Äh, ingen anledning att vara försiktig. Cancern är borta."

Jag tog ett steg tillbaka och tittade på mina föräldrar. De log och nickade, tårar rann ner för min mammas kinder.

"Yttre rymden ser bra ut på dig." Min mamma log genom sina tårar.

"Va? Hur?"

"Din partner fixade mig," sa farfar. "Fick en kvinna i en lyxig uniform som vevade en prålig stav över mig. Hade ett blått ljus och allt. Hon gjorde det några gånger medan vi satt på baksidan och matade Howard med torkat kött. Jag kände mig bättre direkt. Vilket är anledningen till att jag inte kan stanna för länge. Howard kommer att sakna mig."

"Pappa!" sa mamma, fast hennes vanliga frustration över hans förhållande med Howard var borta.

Jag svängde runt på min häl, tittade på Braun. "Du gjorde vad? Vilken stav?"

Han gick över till botten av trappan. Jag var bara en liten bit längre än han var där jag stod, tre steg över honom. "Jag hade deporterats. Transportfönstret var stängt. Jag visste inte om jag kunde komma tillbaka till dig. Om jag skulle avrättas. Jag kunde inte låta en annan veteran fortsätta vara sjuk bara för att han bor på en primitiv planet." Han tittade på farfar. "Han krigade med heder och förtjänade att läkas." Braun mötte min blick. "Jag kunde inte låta dig känna smärta, partner."

Farfar klappade sin protes. "Gör detta mig till en cyborg? Jag har metall, precis som ni pojkar."

Mamma skrattade högre och torkade sina ögon.

"Gjorde du det för honom?" viskade jag.

"Jag gjorde det åt honom, ja," bekräftade Braun. "Men jag gjorde det för dig."

Jag kunde inte vara mer kär i min stora, muskulösa utomjording än vad jag var just nu. Jag kastade mig själv på honom, och han fångade mig. Kysste mig.

Alla skrattade, och när vi lyfte våra huvud skrattade vi också.

Jag böjde mig bakåt, tittade i hans ansikte. "Jag älskar dig, min underbara Braun."

Han log då, gnuggade min näsa mot hans. "Jag älskar dig också. Du är gjord för mig."

"Du har en upptagen dag, Angela Kaur av jorden," sa Maxim, och avbröt vårt *ögonblick*. "Din familj måste åka tillbaka till jorden om mindre än tre dagar, men ambassadören har arrangerat ett permanent transportpass för din familj så de kan komma när de vill. Vilket jag tror kommer bli väldigt ofta, speciellt i den närmsta framtiden."

Jag tittade över min axel på guvernören. "Tack så mycket." Sen tittade jag på mina föräldrar medan Braun fortfarande höll om mig. "Jag är ledsen att jag inte sa hejdå."

"Du hade en bra anledning," sa mamma, och tog pappas hand. "Att vara kär är... en helt annan värld."

Jag himlade med ögonen åt hennes skämt, och Braun satte ner mig, fast han verkade motvillig att göra det.

"Vad menar Maxim partner? Nu när din farfar mår bra, borde det inte finnas något akut tillfälle för att transporteras."

Maxim harklade sig, och jag tittade på honom, och sen på Dr Surnen. Skit. Detta var inte hur jag ville göra detta, men ändå, jag hade ju ingen aning om hur jag hade tänkt berätta för min utomjordingsälskare, min utomjordingspartner, att han skulle bli pappa.

Jag bet mig i läppen, satte min hand på min platta mage. Min mamma flämtade till, och jag visste att hon förstod.

"Partner?" Braun såg orolig ut. Förvirrad. Jag kunde inte hålla honom på helspänn.

"Jag... jag är gravid."

Braun stirrade på mig, hans ögon vidöppnades. Han höll sig stilla, och jag var inte ens säker på att han andades. "Va?" viskade han.

"Jag ska ha ditt barn. Jag vet att det är en överraskning och plötsligt men... jag antar att det är meningen att det ska vara såhär." Jag tänkte inte prata om hans supersimmare framför min familj.

"Barn?"

Jag nickade. "Barn."

"Du?"

Jag nickade igen, började bli orolig. "Jag. Och du. Vi. Är du... glad?"

"Glad?"

Helt plötsligt, rullade hans ögon upp i hans huvud, och som ett träd i en skog, fälldes han. Svimmade som om han var död. Ljudet när han landade på marken var högt, och från någon gömd hörna av rummet hördes Oscar fräsa.

Farfar skrattade och kom ner för trappan för att lägga en

arm runt mig medan vi stirrade ner på Braun, helt borta. Dr Surnen stod på knä jämte honom och vevade en stav över hans ansikte.

"Mannen stred mot Kupan, överlevde att bli tillfångatagen och integreras," sa Maxim. "Fritogs. Klarade sig genom jordens dumma realityshow. Överlevde till och med sin parningsfeber. Men svimmade direkt för att han ska få barn."

Farfar tog tag i min haka och log.

"Inte många människor kan fälla ett odjur."

"Mitt odjur," sa jag, och gick ner på knä och tog Brauns hand, försökte att väcka min förvånade Atlan. Som om han bestämde att detta var det bästa ögonblicket för en entré, gick Oscar över till Braun och strosade upp på Atlanens bröst som om Braun var hans personliga berg. Han rullade ihop sig till en boll och började direkt att spinna.

Jag stirrade på mina pojkar och kunde inte sluta le. "Om detta är vad som händer när han får reda på att vi ska få barn, kan jag bara tänka mig vad som skulle hända om vi får tvillingar."

Farfar brast ut i skratt och fångade Dr Surnens öga. "Det ligger i släkten, doktor. Det gör det faktiskt."

"Jag måste undersöka dig omedelbart," svarade doktorn, inte alls underhållen.

Jag skakade på huvudet. "Senare." Jag lutade mig ner och pussade min medvetslösa hjälte. Han hade räddat mig på så många sätt. Jag var redo att börja mitt nya liv på en ny planet med honom och en ny bebis. Braun var mitt liv nu. Dags att börja leva det. Med honom.

Han måste bara vakna först.

BONUSINNEHÅLL: MAID FOR THE BEAST

KRIGSHERRE BRAUN

Jag log genom smärtan när min kropp framträdde på transportplattformen på krigsskeppet Karter. Att vara borta från min nya partner, Angela, fick parningsarmbanden runt mina handleder att skjuta eld upp genom mina armar, men jag log av varje stöt.

Mitt odjur var, tydligen, en masochist, för han var praktiskt taget stolt över påminnelsen av att vår partner saknade oss. Behövde oss. Var hängiven till oss. Väntade på vår återvändo.

Bar på vårt ofödda barn.

Jag hade till och med transporterats till jorden tre dagar tidigare, med krigsherre Joriks hjälp och mot guvernör Maxims befallning, för att skaffa någon som hette Rocky Road glass åt min kvinna. Nu visste jag vad blandningen var för att skapa den med S-Gen maskinen när jag behövde.

Kyssen hon hade gett mig hade varit värd utskällningen guvernören hade gett mig när jag kom tillbaka. Och att slicka den söta glassen från min partners hud?

Mitt odjur morrade åt minnet och transporttekrikern hoppade till. "Krigsherre Braun. Välkommen ombord på Karter."

"Var är befälhavaren?" Tjuven hade något som tillhörde min kvinna, och jag var här för att få tillbaka det till varje pris. Jag skulle krossa befälhavare Karter om jag var tvungen.

Vad som helst och allt för att försäkra att min partner var bortskämd, glad och omhändertagen. *Vad som helst.*

Inkluderat att transporteras halvvägs genom jävla universum för att lära befälhavare Karter en välbehövd läxa.

"Befälhavaren väntar dig, krigsherre. Du kan hitta honom i hans privata hem."

Jag brydde mig inte om att svara. Jag hade spenderat tillräckligt med tid på krigsskepp för att veta var befälhavarens hem kunde hittas.

Hans hem var framför mig inom några minuter, och det var även två tungt beväpnade Prillonväktare, vilket var väldigt ovanligt. De såg mig, sträckte på sig och drog sina vapen. "Berätta varför du är här, krigsherre. Jag känner inte igen dig."

Den mörkare av dem smalnade sina ögon och tittade på mig utan att blinka. En värdig fiende kanske, om jag inte var här för min kvinna. Mitt odjur skulle slita isär honom i delar om han stod i min väg mycket längre. "Flytta på dig, Prillon. Befälhavaren väntar mig."

Den andra vakten skrattade och la ner sitt vapen. "Du har problem, krigsherre. Befälhavare Karters partner är inte glad, och han är argsint för att det är ditt fel."

Jag insåg att de båda hade retat mig för sin personliga underhållning. "Befälhavare Wothar är inte mycket bättre än Karter. De är båda arga på dig."

Jag vinklade mitt huvud. "Öppna dörren."

Med ett flin meddelade den andra Prillon sin befälhavare över ett kommunikationssamtal att jag var här. Sekunder senare gled dörren till hans privata hem upp.

Jag förväntade mig att se en gråtandes mänsklig kvinna hopkurad med en boll av vit päls.

Vad jag såg fick mig att brista ut i skratt, vilket var något nytt sen jag hade parats ihop med Angela. "Befälhavare?"

Befälhavare Karter låg utbredd på golvet, på sin rygg, med en fräsandes Oscar mitt på hans bröst och stirrandes ner på befälhavaren. Karter log åt min partners husdjur. Han sneglade åt mitt håll ett kort ögonblick innan Oscar fräste igen för att få befälhavarens uppmärksamhet. "Han låter mig inte lämna golvet, Braun. Vad är det för varelse?"

Jag gick till befälhavaren, böjde mig ner och lyfte upp Oscar i mina armar. Han spann, av alla saker. Högljutt. "Han gillar dig," kommenterade jag.

"Jag sa det till honom!" Befälhavarens kvinna kom ut från sovrummet iklädd i en vacker aftonklänning med ett skinande leende. "Är det din partners katt?"

"Ja. Uppenbarligen har han hittat en väg in till Kolonins transportrum."

"Katter hittar alltid ett sätt. Vad heter han?"

"Oscar. Min partner döpte honom efter någon som heter Oscar the Grouch."

Karters partner brast ut i skratt medan hennes andre, befälhavare Wothar kom ut efter henne från sovrummet. Han var klädd för uppdrag och jag misstänkte att han inte skulle hänga kvar.

"Kaed, ställ dig upp. Du ser ut som en idiot."

"Den pälsiga varelsen tillät mig inte att ställa mig upp. Han fräste åt mig när jag försökte."

"Kaed. Du är gullig." Deras mänskliga partner pratade till Karter men lade sin hand i befälhavare Wothars och drog honom tätt intill sig för en kyss. "Förstår du nu varför vi borde skaffa en?"

Oscar spann irriterande högt medan jag klappade honom precis så som han gillade bakom öronen, och stirrade på kvinnan. "En katt? Vill du ha en katt på krigsskeppet?"

Hon tittade på mig med ett leende som jag visste betydde att befälhavare Karter och Wothar hade stora problem. "Åh ja. Jag vill ha en tabby. En fluffig, rund tabby och han ska heta Gustav."

"Vad är en tabby?" frågade jag.

Hon pussade befälhavare Wothar på kinden, släppte hans hand och gick mot mig för att klappa Oscar. Han tryckte sin panna mot hennes hand i ett uppenbart godkännande av hennes plan, och jag sänkte mina armar så att hon inte behövde stå på tå för att nå honom. "Det är en randig orange och vit katt. Denna ser ut som en perser." Hon klappade honom lite mer, hennes röst var mjuk och snäll, vilket fick befälhavare Karter att morra. "Du är en fin kisse, eller hur? Så gullig. Är du en liten sötnos? Du är väl inte tjurig, är du älskling?"

Jag tittade ner på befälhavare Karter, som hade satt sig upp, med ett knä böjt, det andra benet rakt medan vi tittade på hur hans partner gav kärlek och uppmärksamhet till min Angelas Oscar. "Han är en Oscar."

Hon skrattade igen. Oscar spann. Befälhavare Wothar svor. "Fan. Verkar som att vi måste skaffa en katt till vår kvinna, Kaed."

Befälhavare Karter ställde sig upp och sträckte sig efter sin partner, drog henne mot sitt bröst och slängde sina armar runt hennes midja bakifrån. "Är det vad du vill ha, partner? En spinnande liten varelse med klor?"

"Ja. Är han inte söt?"

Jag tittade underhållet på när en blick av undergivenhet syntes mellan de två befälhavarna. Deras partner skulle få som hon ville, precis som min.

Jag harklade mig. "Jag hade stannat för att umgås, men min partner är väldigt orolig för sitt husdjur. Och jag tänker inte låta henne vara orolig i hennes tillstånd."

"Grattis till barnet!" Befälhavarens partner skuttade framåt och kramade mig och Oscar samtidigt. "Berätta för

Angela att jag inte kan vänta tills jag får träffa henne och att jag önskar er båda det allra bästa."

"Det ska jag. Tack så mycket." Jag bugade mot de alla och gick mot dörren. När utgången var framför mig, tittade jag tillbaka på befälhavare Karter och tillät mitt odjur att komma upp till ytan och le med all tillfredsställelse han kände. Vår partner var perfekt. Glad. Vacker. Och vi skulle åka tillbaka till henne. Nu. Nu jävla direkt.

Den vita pälsbollen skulle göra henne glad. Och sen skulle jag knulla henne tills hon smälte av lycka.

Livet var perfekt. Helt jävla perfekt till slut.

Jag pratade till deras kvinna, men mitt odjur tittade på befälhavare Karter. "Bäst att skaffa en snäll tabby. Jag tror inte att befälhavaren kan hantera en tjurig katt som Oscar. Han kommer aldrig kunna ta sig upp från golvet."

Befälhavare Wothar skrattade. Karter blängde, och brast sen ut i ett leende och deras partners glada skratt hördes ner i korridoren när jag gick tillbaka till transportrummet.

Jag hade en partner att återvända till. Min partner. Mitt hjärta.

Oscar spann i överenskommelse medan vi var på väg hem.

OM FÖRFATTAREN

Grace Goodwin är en "USA Today" och internationellt bästsäljande författare av Sci-Fi och paranormala romanser med fler än en miljon böcker sålda. Graces titlar är tillgängliga världen över på flera olika språk som e-böcker, tryckta böcker och ljudböcker. Två bästa vänner, en som styrs av sin vänstra hjärnhalva, en som styrs av sin högra, är tillsammans duon som är "Grace Goodwin". De är båda mammor, escaperoom-entusiaster, hängivna läsare och tappra försvarare av sina favoritdrycker. (Det kan finnas en pågående debatt angående te vs kaffe som pågår under deras dagliga kommunikation.) Grace älskar att höra ifrån sina läsare! Alla Graces böcker kan läsas som sexiga, fristående äventyr. Men var försiktig, hon gillar sina hjältar heta och sina kärleksscener ännu hetare. Du har blivit varnad...

- facebook.com/gracegoodwinauthor
- twitter.com/luvgracegoodwin
- instagram.com/grace_goodwin_author
- bookbub.com/authors/grace-goodwin
- amazon.com/Grace-Goodwin/e/B01BYLWHCC

ALSO BY GRACE GOODWIN

Interstellar Brides® Program: The Beasts

Bachelor Beast

Maid for the Beast

Beauty and the Beast

Interstellar Brides® Program

Assigned a Mate

Mated to the Warriors

Claimed by Her Mates

Taken by Her Mates

Mated to the Beast

Mastered by Her Mates

Tamed by the Beast

Mated to the Vikens

Her Mate's Secret Baby

Mating Fever

Her Viken Mates

Fighting For Their Mate

Her Rogue Mates

Claimed By The Vikens

The Commanders' Mate

Matched and Mated

Hunted

Viken Command

The Rebel and the Rogue

Rebel Mate

Surprise Mates

Interstellar Brides® Program: The Colony

Surrender to the Cyborgs

Mated to the Cyborgs

Cyborg Seduction

Her Cyborg Beast

Cyborg Fever

Rogue Cyborg

Cyborg's Secret Baby

Her Cyborg Warriors

The Colony Boxed Set 1

Interstellar Brides® Program: The Virgins

The Alien's Mate

His Virgin Mate

Claiming His Virgin

His Virgin Bride

His Virgin Princess

The Virgins - Complete Boxed Set

Interstellar Brides® Program: Ascension Saga

Ascension Saga, book 1

Ascension Saga, book 2

Ascension Saga, book 3

Trinity: Ascension Saga - Volume 1

Ascension Saga, book 4

Ascension Saga, book 5

Ascension Saga, book 6

Faith: Ascension Saga - Volume 2

Ascension Saga, book 7

Ascension Saga, book 8

Ascension Saga, book 9

Destiny: Ascension Saga - Volume 3

Other Books

Their Conquered Bride

Wild Wolf Claiming: A Howl's Romance

Starfighter Training Academy

The First Starfighter

ABOUT THE AUTHOR

Grace Goodwin är en internationell bästsäljande författare med mer än en miljon sålda böcker på nio språk. Missa inte hennes spännande, unika och mycket erotiska kärleksromaner som nu finns på svenska. Börja ditt läsäventyr nu!

www.ingramcontent.com/pod-product-compliance
Lightning Source LLC
LaVergne TN
LVHW011822060526
838200LV00053B/3870